Liefde in de scrum

Een liefdesroman over een rugbyspeler en een rockzangeres

Caitlyn Lynch

Shenanigans Press

Inhoudsopgave

Hoofdstuk Één

HET ALLERLAATSTE WAT GEORGE Dennis nodig had vlak voor zijn eerste rugbywedstrijd als aanvoerder voor zijn land, was om afgeleid te worden door een prachtige vrouw.

Hij had gedacht dat hij er klaar voor was. Hij was in de beste fysieke conditie van zijn leven, had net de titel van Australische Speler van het Jaar gewonnen, was drie maanden voor het begin van de tour door Europa benoemd tot aanvoerder en had die tijd verstandig gebruikt om zich te verdiepen in de teams waar hij tegenover zou komen te staan en om het respect van zijn teamgenoten te verdienen.

En toch, op de groene grasmat van het Aviva Stadium in Dublin, terwijl de Ierse supporters de binnenkant van het stadion even groen kleurden als het weelderige gras onder hun voeten en een roedel potige Ieren stond te wachten om George en zijn teamgenoten de grond in te boren, keek hij recht in het gezicht van een tenger, frêle meisje en verloor hij op slag zijn hart.

Het was haar stem, probeerde hij zichzelf wijs te maken. Ze zong zijn volkslied en deed dat met een vurigheid die zelfs de meest fanatieke nationalist zou goedkeuren. Haar stem was verrassend krachtig voor zo'n tenger dingetje, volledig geschoold en perfect zuiver. George kon muziek waarderen, maar hij wist dat zijn eigen zangkunsten veel te wensen overlieten. Toch zong hij mee, zich er terdege van bewust dat de tv-camera's de rij spelers in hun gouden shirts volgden, bewust dat de kijkers zouden letten op wie er wel en niet zong.

Er zaten maar een paar seconden tussen het einde van *Advance Australia Fair* en het moment dat een potige tenor naar voren stapte om het Ierse volkslied te zingen. George gebruikte die om zich tot de bondscoach naast hem te wenden en een vraag te stellen die wel het laatste zou moeten zijn waar hij aan dacht.

'Wie is de zangeres?'

De coach trok een wenkbrauw op voor hij zijn schouders ophaalde. 'Iets van Misty.'

'Ze zong goed. Heeft de jongens opgepept.' George probeerde een aannemelijke verklaring voor zijn interesse te verzinnen.

'Blijf scherp', was de laatste opmerking van zijn coach voor de band begon te spelen, en George knikte en keerde zich weer respectvol naar voren. Toch dwaalden zijn ogen opzij en volgden ze de tengere gestalte in de glinsterende zilveren jurk die haar weg naar de zijkant van het veld zocht. Ze had lang, golvend donker haar dat tot op haar billen hing, en lange lokken dansten in de vlaag wind die over het veld blies.

Ze heeft het vast koud, dacht hij. Het was een kille aprildag in Dublin en de zilveren jurk was mouwloos en zag er flinterdun uit. Iedereen in het stadion droeg stevigere kleding dan Misty, of hoe ze ook heette, zelfs de spelers in hun korte broeken en shirts met korte mouwen; zij hadden tenminste lange sokken aan en zouden weldra rennen en zweten om zichzelf warm te houden.

Alsof ze zich bewust was van zijn onderzoekende blik, stopte de zangeres bij de zijlijn, draaide zich om en betrapte hem op staren toen ze hem recht in zijn gezicht keek. Ze hield haar hoofd schuin, alsof ze nieuwsgierig was, en toen verscheen er een vluchtige glimlach op haar gezicht. Ze vormde iets met haar lippen; George was even in de war, tot hij besefte dat ze hem net succes had gewenst. Instinctief glimlachte hij, en ze hief een slanke hand op in een klein wuifgebaar voor ze zich omdraaide en de tribune op liep, naast de assistent die er duidelijk was om haar te begeleiden.

'Ben je nu serieus een chick aan het bekijken?' mopperde zijn vice-aanvoerder naast hem met zachte stem, en George schudde zichzelf wakker.

'Ik bedankte haar alleen voor het goede optreden met het volkslied.'

'Maak dat de kat wijs!'

'Kop dicht, de wedstrijd begint!' *Gered door het fluitsignaal*, dacht George opgelucht, en hij zette alle gedachten aan de prachtige zangeres resoluut uit zijn hoofd.

Ongeveer zeven uur later, na een uitputtende, slopende wedstrijd die ze met een krappe twee punten hadden gewonnen, een persconferentie, een douche die niet heet genoeg was, een herstelmassage die niet lang genoeg duurde omdat het hele team hulp nodig had, een zeer uitgebreid diner en veel minder biertjes dan hij had gewild, sloot George eindelijk de deur van zijn hotelkamer en plofte hij op zijn bed, eindelijk alleen, en zeer dankbaar dat zijn status als aanvoerder hem in ieder geval het voorrecht van een eigen kamer gaf. Hij had zich nooit echt op zijn gemak gevoeld in menigtes, en door de druk om de hele avond sociaal 'aan' te staan, voelde het alsof zijn glimlach barstjes begon te vertonen.

Hij greep naar de afstandsbediening van de tv, zette hem aan en zocht iets gedachteloos om zijn geest tot rust te brengen zodat hij kon slapen. Een Bond-film of zoiets, misschien. Hij zapte een paar minuten en sloeg haastig de sportzenders over. Dat was nu werk, en daar wilde hij niets mee te maken hebben. Uiteindelijk vond hij een late Ierse talkshow waarin de presentator een Amerikaanse acteur interviewde die hij vaag herkende, en hij bedacht dat dat wel zou volstaan.

Hij trok zijn pak uit en overwoog het op de grond te gooien, maar zuchtte en hees zichzelf van het bed om het op te hangen. Hij was moe, maar niet moe genoeg om een sloddervos te zijn. Zijn telefoon viel uit zijn broekzak toen hij zijn pantalon ophing, en hij zette hem weer aan, vermoeid glimlachend toen hij begon te pingen met berichten. Felicitaties, nam hij aan. Hij plofte weer op bed in alleen zijn boxershort en beantwoordde de berichten van zijn ouders; de rest kon wachten. Zijn oogleden vielen al dicht van vermoeidheid.

In een opwelling opende hij een zoekbalk en typte 'zangeres Misty' in. Geen van de afbeeldingen die verschenen leek op de schoonheid in de zilveren jurk van die middag, en hij fronste gefrustreerd, zich afvragend hoe hij de zoekopdracht kon verfijnen. Hij was er vrij zeker van dat ze Australisch was, gezien de vurigheid waarmee ze het volkslied had gezongen, en voegde dat toe aan de zoekopdracht, zonder beter resultaat.

Misschien is haar naam Misti met een i? Hij probeerde dat, tevergeefs. Moe en geïrriteerd, smeet hij de telefoon met het scherm naar beneden op het bed. Haar naam was waarschijnlijk helemaal geen Misty; de coach had er nogal vaag over gedaan. Misschien zou een van de kranten morgen vermelden wie de volksliederen had gezongen. Hij zou toch alle columns lezen...

Slaap overviel George in een trage golf toen hij haar stem hoorde. Krachtig, sensueel, zwevend, het rukte hem direct terug van de rand van bewusteloosheid en deed zijn ogen openspringen. Hij ging rechtop zitten en staarde ongelovig naar de televisie, want daar was ze, zingend op een klein podium in een tv-studio, gekleed in een glinsterende gouden top en een strakke zwarte legging met laarzen met hoge hakken. Haar golvende donkere haar was een dikke, zachte massa die om haar heen dwarrelde.

Gekluisterd staarde George naar het scherm. Zijn mysterieuze zangeres had een ongelofelijke stem terwijl ze uit volle borst een, wat hij alleen maar kon noemen, powerballad zong, een lied dat, afgaande op de woorden van het refrein, zoiets als *Your Hand In Mine* heette. Een verwoede greep naar zijn telefoon en een nieuwe zoekopdracht onthulde eindelijk haar identiteit; ze was een doorbrekende ster, ontdekte hij al snel, Australisch zoals hij al had geraden, en alleen bekend als Myst.

'Myst', fluisterde hij, terwijl hij toekeek hoe ze haar lied afmaakte en glimlachend van het podium stapte om de talkshowhost te begroeten die op haar wachtte. George had de indruk dat ze zich schrap zette voor het interview, alsof ze zich ongemakkelijk voelde bij praten in plaats van zingen, maar de presentator was een professional en stelde haar al snel op haar gemak, waardoor die prachtige glimlach tevoorschijn kwam terwijl ze zijn makkelijke vragen beantwoordde.

Het interview was vrij kort, en aan het einde ervan was het enige nieuwe dat George over haar wist, dat ze een album uit had en midden in een Europese tournee zat. Ze had de avond ervoor in de 3Arena in Dublin opgetreden en zou daar op zondagavond nog een concert geven voordat ze naar het vasteland van het Verenigd Koninkrijk zou reizen.

Ik vraag me af of ik kaartjes kan krijgen, en toestemming van de coach om te gaan? vroeg George zich af terwijl hij keek. Hij was er zeker van dat een van de 'regelaars' van het team, die met hen meereisden en wiens taak het was om alles wat ze wilden als bij toverslag te laten verschijnen, in ieder geval de kaartjes kon regelen. Toestemming van de coach zou lastiger kunnen zijn, vooral omdat hij al vermoedde dat George voor de wedstrijd was afgeleid door Myst. Misschien kon George een paar hints laten vallen bij een van de jongere spelers, iemand anders laten voorstellen om er een groepsuitje van te maken... Uitgeput vielen zijn oogleden eindelijk dicht toen de slaap hem overmeesterde.

George werd wakker met Myst nog steeds in zijn gedachten, tot zijn eigen stille frustratie. Het was nu niet bepaald zo dat hij een probleem had met het ontmoeten van aantrekkelijke vrouwen; allemachtig, de avond ervoor waren er genoeg geweest die maar al te blij waren geweest als de aanvoerder van het nationale team interesse in hen had getoond! En toch... er was gewoon iets aan haar dat hem aantrok, iets wat hij nog nooit eerder had gevoeld.

Wees geen enge stalker. Dat zal ze niet waarderen. Toch kon hij de verleiding niet weerstaan om een socialmedia-app te openen en snel naar haar te zoeken. Ze had een account, met een blauw geverifieerd vinkje, en tot zijn lichte verbazing een post van de vorige middag met een foto van haar terwijl ze in het stadion zong en een opmerking dat ze vereerd was dat ze gevraagd was om het volkslied te zingen. De hashtag *#GoAustralia* deed hem grijnzen. Hij klikte op de 'Vind ik leuk'-knop en deelde de post met de opmerking 'Bedankt voor zo'n inspirerend optreden!' voor hij haar account vanaf zijn eigen account volgde.

Wat ben ik toch een sukkel. Alsof zij dat opmerkt, tussen de duizenden andere likes en shares van die post, en met de half miljoen volgers die ze heeft. Doe normaal, George.

Met een onderdrukt gekreun — hij had overal blauwe plekken — hees hij zich overeind en liep naar de douche, al denkend aan het ontbijt... en aan welke van de jongere spelers misschien wel te porren was voor een popconcert die avond.

Uiteindelijk hoefde hij niets te doen. Een van de regelaars kwam bij het ontbijt aanzetten met een stapel kaartjes, een brede glimlach en de aankondiging dat Myst het hele team had uitgenodigd voor het concert van die avond. Te midden van het algemene enthousiasme van de selectie haalde de coach alleen zijn schouders op en zei dat ze natuurlijk mochten gaan... zolang ze zich allemaal aan de limiet van twee biertjes hielden en om middernacht in bed lagen.

'Moet ik een bus regelen?' vroeg de regelaar, en werd getrakteerd op een vernietigende blik van de coach.

'Dit is geen schoolreisje. Het zijn allemaal volwassenen. Ze kunnen verdomme zelf wel een manier vinden om er te komen en weer terug. Ik ga uit eten met een vriend.'

George wachtte tot de coach de kamer had verlaten voordat hij naar de regelaar liep.

'Hé, ik zou Myst heel graag persoonlijk willen bedanken voor het geweldige optreden met het volkslied gisteren. Zou je dat misschien kunnen regelen?'

De regelaar, een vrolijke en uiterst bekwame jonge vrouw genaamd Zoe, zag blijkbaar niets verdachts in zijn verzoek, want ze keek onmiddellijk naar de telefoon die ze altijd in haar hand had en begon op het scherm te tikken. 'Laat dat maar aan mij over, George!'

Als iemand het voor elkaar kon krijgen, was het Zoe wel, dus hij liet de zaak in haar bekwame handen en ging met een paar anderen de stad bekijken. Ze stond hem op te wachten toen hij terugkwam en stopte hem met een samenzweerderige grijns een keycord in zijn hand.

'Zeg het niet tegen de anderen, anders willen ze er allemaal een!'

'Je bent een tovenares, Zoe, dank je wel.'

Ze knipoogde voordat ze wegsnelde om een van de andere spelers te helpen die op de een of andere manier zijn kamersleutel was kwijtgeraakt, en George stopte het keycord heimelijk in zijn zak. Het was een volledige backstagepas, zag hij toen hij in zijn kamer was en het kon controleren; hij zou voor de show naar binnen kunnen en Myst misschien ontmoeten. Als het laat afliep, zou hij misschien niet op tijd terug zijn in het hotel, dus hij moest maar hopen dat ze zich niet tot het laatste moment in haar kleedkamer zou opsluiten. Nu moest hij alleen nog een plan bedenken om zijn teamgenoten te ontwijken en alleen naar de arena te komen...

'Die speciale gast waar je op hoopte, is er.'

Myst sperde haar ogen wijd open, waardoor de visagiste die haar gezicht onder handen nam gefrustreerd tsjilpte, en ze draaide zich op haar stoel om naar haar assistente Jessie te kijken, die met een grijns op haar gezicht tegen de deurpost leunde.

'Echt waar?'

'Jep.' Jessie deed alsof ze haar nagels bestudeerde.

Myst probeerde langs Jessie heen te kijken. 'Waar? Laat hem niet op me wachten!'

'Waarom niet? Laat hem niet denken dat je te gretig bent. Mannen zoals hij hebben constant vrouwen die zich aan zijn voeten werpen. Laat hem maar even smachten. Bovendien heb je nog maar één valse wimper op.' Jessie grijnsde. 'Laat Kaya die andere opplakken, dan breng ik hem binnen.'

Ze zag er wel een beetje dom uit met maar één valse wimper op, gaf Myst toe toen ze in de spiegel keek. Met een verontschuldigende blik naar Kaya sloot ze haar ogen en zat zo stil als ze kon.

'Ik werk alleen nog even de rand bij en doe wat mascara op,' zei Kaya, die Mysts plotselinge zenuwachtigheid duidelijk aanvoelde, 'en dan ben je er klaar voor.'

'Dank je.'

'Je vindt deze vent leuk, hè?'

'Ik ken hem niet eens,' gaf Myst toe, 'maar... heb je ooit meegemaakt dat je ogen die van een wildvreemde kruisen in een drukke ruimte, en al het andere gewoon wegvalt?'

Er viel een ongemakkelijke stilte voordat Kaya zachtjes zei: 'Nee, zoveel geluk heb ik nooit gehad. Je mag je ogen nu openen.'

Zachte handen haalden de cape weg die haar outfit beschermde, en Myst zuchtte en opende haar ogen, al wetend door die pijnlijke stilte wat ze zou zien. George stond net binnen de deur, zijn schouders bijna net zo breed als de deuropening, zijn gezicht lichtrood terwijl hij naar de vloer staarde.

'Nog tien minuten voor je op moet,' zei Jessie, en toen doken zij en Kaya langs George en snelden de kamer uit, Myst alleen achterlatend met de man voor wie ze zojuist had toegegeven een volkomen belachelijke crush te hebben, ook al had ze nog nooit een woord met hem gewisseld.

Het enige wat ze kon denken, was dat het maar goed was dat haar podiummake-up zo dik was. Het verborg de brandende blos die ze over haar hele gezicht voelde gloeien.

'Hoi,' zei ze ongemakkelijk.

'Hoi,' zei hij terug, hij zag er net zo ongemakkelijk uit als zij zich voelde, en toen schoten zijn ogen omhoog en vonden de hare.

Het was maar goed dat ze nog zat, want anders dacht ze dat ze misschien was omgevallen. Zijn blik ontmoeten was bijna een fysieke klap, een overweldigend gevoel in haar buik dat de hitte in haar gezicht door haar hele lichaam verspreidde. Ze hapte naar adem, een zachte, kleine ademteug, en hij deed een stap naar voren, dichter naar haar toe, zijn handen gingen omhoog alsof hij haar wilde omhelzen voordat hij ze snel weer liet zakken en stil bleef staan.

'Ik voelde het ook,' zei hij, zijn stem een heerlijk diep gerommel dat Myst tot in haar tenen voelde. 'Dat... wat het ook was gisteren. Ik heb sindsdien non-stop aan je gedacht. Ik heb een assistente gevraagd dit voor me te regelen zodat ik je echt kon ontmoeten.' Hij tikte tegen het keycord dat om zijn nek hing, zonder zijn ogen van haar gezicht af te wenden.

'Ik heb het team uitgenodigd omdat ik je weer wilde zien. Ik probeerde te bedenken hoe ik je backstage kon uitnodigen toen het verzoek binnenkwam om je een pas te bezorgen,' bekende Myst, en George glimlachte, een uitdrukking die zijn gehavende, ruwe gezicht transformeerde. Hij zou nooit knap zijn, maar als hij lachte... ah, als hij lachte was hij *prachtig*.

Een luide zoemer klonk, en Myst zuchtte. 'Er is geen *tijd*,' zei ze wanhopig. 'Kun je terugkomen, na de show?'

'Voor even.' Hij keek schaapachtig. 'Ik moet om middernacht terug zijn in het hotel.'

Zijn leven was waarschijnlijk bijna net zo strak geregisseerd als het hare, besefte ze, beperkt door een tijdschema dat door anderen was opgesteld. Knikkend accepteerde ze de beperking. 'Ik ben rond elven klaar. Als je dan hier bent, hebben we een paar minuten om te praten.'

'Ik zal hier zijn.' Hij deed nog een klein stapje dichterbij. 'Wat *is* dit?'

Ze wist precies wat hij vroeg, en ze vertelde hem de waarheid. 'Ik weet het niet.'

Hij stak een hand uit, met de palm naar boven. Wachtend.

Na een korte aarzeling legde Myst haar eigen hand boven de zijne en merkte met een glimlach het verschil in grootte tussen hen op. George moest minstens een meter vijfennegentig zijn en massief, potig van de spieren, terwijl zij met haar blote voeten een meter vijfenvijftig was en minder dan de helft van zijn gewicht woog. Haar hand leek kinderlijk boven de zijne, in de paar seconden dat ze hem stilhield voordat ze hem liet zakken en haar huid voor de allereerste keer de zijne liet raken.

Ze wist niet wat ze had verwacht, maar de schok van elektriciteit voelde bijna vertrouwd, *alsof het zo hoorde*, alsof ze vanaf dat eerste moment dat ze in zijn ogen keek, had geweten dat dit was hoe het zou zijn als ze elkaar aanraakten. Dikke vingers sloten zich zachtjes om de hare, en ze zag het besef, de gedeelde sensatie, in zijn ogen.

'Wat dit ook is,' zei ze, 'ik ben niet van plan weg te lopen zonder erachter te komen.'

'Ik ook niet.' Hij kwam een halve stap dichterbij en maakte een onverwacht galant gebaar; hij boog zich over haar hand en kuste lichtjes haar vingertoppen. 'Je moet gaan.'

'Inderdaad,' stemde ze toe, en kromp ineen toen de zoemer opnieuw klonk. 'Dat is mijn waarschuwing van twee minuten.'

Hij liet haar hand zakken, liet haar met duidelijke tegenzin los.

'Myst!' riep Jessies stem van buiten op de gang.

'Ik kom eraan!'

George deed een stap opzij om haar door te laten en volgde haar naar buiten.

Ze keek over haar schouder naar hem en glimlachte. 'Geniet van de show.'

'Ik kijk er enorm naar uit... en nog meer naar het einde, want dan zie ik je weer. Ik zal hier zijn.'

Myst voelde haar glimlach breder worden. Jessie pakte haar arm, trok eraan en sleepte haar naar de podiumingang.

'Je ziet er trouwens ongelooflijk uit!' riep George achter haar.

Ze keek nog eens om en zag hem daar staan, een vierkante, stevige, stille en massieve aanwezigheid te midden van de chaos backstage. Hij glimlachte toen ze omkeek en ze lachte, nog steeds niet in staat de volslagen absurditeit van dit alles te geloven. *Een rugbyspeler. Van alle onverwachte, onwaarschijnlijke mensen om een onmiddellijke klik mee te hebben!*

Er was geen tijd meer om na te denken, want Jessie duwde haar praktisch de coulissen in, waar haar band op haar stond te wachten, vol ongeduldige energie op de plaats joggend. Myst probeerde George uit haar gedachten te zetten, een prestatie die ze vreesde volkomen onmogelijk zou blijken, zette een glimlach op en nam met een dankbaar knikje de microfoon aan die haar geluidsman haar voorhield.

'Goedenavond, Dublin!' riep ze, terwijl ze het podium opliep, en, zoals altijd, vulde het verwelkomende gebrul van het publiek haar met een golf van energie. Haar glimlach werd oprecht toen de band de openingsakkoorden van het eerste nummer aansloeg, en ze opende haar mond en liet de muziek naar buiten stromen.

Hoofdstuk Twee

MYST WERKTE ONGELOOFLIJK HARD op het podium, dacht George terwijl hij op de tribune zat te kijken. Ze deed niet veel aan de gechoreografeerde dansjes die hij sommige zangeressen zag doen, maar ze was constant in beweging, zocht contact met het publiek en rende het hele podium over. Haar muziek was erg gericht op de zang, waarbij ze optimaal gebruikmaakte van die verbazingwekkende, krachtige stem. Ze nam twee korte pauzes voor snelle kledingwissels, en hij vermoedde dat dat meer was omdat ze letterlijk doordrenkt was van het zweet dan puur voor de esthetiek.

Het publiek, naar zijn schatting ruim 10.000 man sterk, genoot van elke minuut, vooral toen Myst een nummer van U2 speelde en lachend zei dat ze niet voor het eerst naar Ierland kon komen zonder een nummer van U2 te zingen. Haar eigen nummers waren ook immens populair en George realiseerde zich dat hij er een paar kende, omdat hij ze op de radio had gehoord maar de artiest niet kende. Het nummer dat ze als laatste toegift zong, was nog bekender; het was gebruikt als soundtrack voor de nieuwste reclame van een populair automerk, een reclame die in Australië constant op de radio was vlak voordat hij vertrok.

'Ga je met ons mee terug, George?', vroeg de teamgenoot links van hem, naar hem toe leunend, toen Myst eindelijk het podium verliet en het publiek een laatste donderend applaus gaf.

Hij schudde zijn hoofd. 'Nee, bedankt, ik ga op eigen gelegenheid terug. Ik wil nog even bij iemand langs.'

Hij glipte weg van de groep terwijl ze naar buiten liepen, bukte zijn hoofd om zijn lengte te verbergen en ging op in de kletsende, deinende menigte, en haalde het keycord tevoorschijn dat hij in zijn shirt had gestopt zodat de anderen het niet zouden zien. Twee minuten later glipte hij Myst's kleedkamer weer in, en een minuut daarna klikte de deur dicht en draaide hij zich om van het rek met glinsterende toneelkostuums om haar naar hem te zien glimlachen.

'Dat was ongelooflijk', zei hij, en ze lachte, duidelijk in een adrenalineroes.

'Wat een geweldig publiek!' Ze pakte een handdoek die over de leuning van een stoel lag en begon daarmee haar vochtige, bezwete gezicht te deppen, terwijl ze in de spiegel keek om te controleren of haar make-up nog intact was, althans dat nam hij aan. 'Pak een stoel, als je wilt. Ik heb echt maar een paar minuten voordat de directieleden van de platenmaatschappij op de deur beginnen te kloppen.'

'Ik weet het.' Hij had al bedacht dat Myst's tijd na een concert, net als de zijne na een wedstrijd wanneer de media, sponsors en vip-kaarthouders stonden te dringen om met hem te praten, niet van haarzelf zou zijn. 'Ik wou dat ik niet weg hoefde, maar het moet, en we vliegen morgenochtend naar Edinburgh.'

'Ja, ik ga zelf naar Manchester.' Hun blikken kruisten elkaar in de spiegel; haar ogen, het lichtblauw van een winterlucht, verrassend helder. 'Ik heb je schema bekeken. Over twee weken zijn we tegelijk in Londen.'

'Echt waar?' Hij voelde de hoop in zijn borst opwellen. 'Ik heb echter maar beperkt vrije tijd.'

'Ik ook.' Myst draaide zich naar hem toe terwijl ze de handdoek weggooide, met een spijtige glimlach. 'Maar het punt is dit: de timing zal voor ons nooit goed uitkomen. Of wel?'

'Nee.' Hij voelde iets in hem breken. 'Je bedoelt dat het geen zin heeft om het te proberen, hè?'

'Nee!' Ze deed een stap naar voren en reikte naar hem uit. 'Ik bedoel dat als we het gaan proberen, we vanaf het begin moeten accepteren dat het nooit makkelijk zal zijn. Ik kan mijn schema waarschijnlijk iets meer sturen dan jij, omdat ik soms de diva kan uithangen, want zonder mij is er geen show, maar we hebben allebei verplichtingen, dingen die we niet kunnen veranderen of uitstellen, wat onze persoonlijke voorkeuren ook zijn.'

Ze begreep het. Een golf van opluchting overspoelde George en hij knikte dankbaar. 'Ik wil het', zei hij, en hij probeerde alles wat hij wilde in een paar simpele woorden te vatten. 'Ik wil proberen om het te laten werken.'

'Ik ook, maar voordat we ons überhaupt vastleggen om het te proberen, kunnen we dan een paar heel simpele regels afspreken? Als jij besluit dat je het niet meer wilt proberen, wil ik de eerste zijn die het hoort. Ik wil niet op een dag online gaan en ontdekken dat je me op sociale media hebt geblokkeerd, of wakker worden met foto's van jou met iemand anders in de roddelpers.'

'Ik denk dat jij eerder een doelwit voor de roddelpers bent dan ik', merkte George op.

'Helaas waar. Ik heb op *CelebNation* al gestaan met zo-genaamd drie verschillende mannen die ik nog nooit heb ontmoet.' Ze trok een vies gezicht. 'Geloof niets wat je op die website leest.'

'Ik moet toegeven dat ik er nog nooit van heb gehoord', bekende hij.

'Waarschijnlijk maar beter ook.' Ze hield haar hoofd een beetje schuin, terwijl die winterlucht-ogen zijn gezicht bestudeerden. 'Dus, hebben we een deal? Als er iets echts gebeurt, als een van ons besluit dit niet meer te willen proberen, zijn we er eerlijk en direct over?'

'Absoluut.' Hij stak zijn hand uit om de hare te schudden, en toen ze die in de zijne legde, zei hij: 'Ik was niet naar jou op zoek. En ik ben zeker niet op zoek naar iemand anders.'

Haar glimlach vulde de kamer met zonneschijn. 'Ik ook niet.'

'Myst!' Een klop op de deur onderbrak hen.

Myst trok een grimas. 'Het spijt me zo, maar ik moet gaan. Kun je nog even blijven?'

'Dat zou kunnen, maar het zou vragen kunnen oproepen die we nog niet willen beantwoorden.'

Ze haalde haar schouders op en haar glimlach verscheen opnieuw. 'Niet echt. We zijn allebei bekende Australiërs in Dublin. Het is niet geheel ondenkbaar dat we elkaar al kenden, dat je naar het concert kwam om je steun te betuigen nadat ik gisteren het volkslied zong... dat we vrienden zijn.'

'Dat klinkt allemaal heel aannemelijk, of dat zou het zijn als ik niet dacht dat ik er verdomd slecht in zou zijn om op een puur platonisch vriendschappelijke manier naar je te kijken.' George spreidde zijn handen spijtig en Myst lachte.

'Ik ook. Ik wil de hele nacht alleen maar naar je staren, je in me opnemen. Elk detail van je gezicht, je uitdrukkingen in me opnemen.' Ze pakte zijn vingers even vast en kneep erin. 'We zullen tijd hebben. We zullen tijd *maken*, toch? In Londen?'

'Londen', beloofde hij.

'Myst, serieus!' Het gebons op de deur begon opnieuw en Myst kreunde, terwijl ze zijn hand losliet.

'Het spijt me...'

'Dat hoeft niet. Als we hieraan gaan werken, zullen er momenten zijn dat het mijn beurt is om sorry te zeggen omdat er iets is wat ik moet doen waar ik geen keuze in heb.'

'Je snapt het.' Haar uitdrukking was opgelucht toen ze naar hem opkeek. 'Je snapt het echt.'

'Ik snap het echt.' Hij streek lichtjes met zijn duim over de rug van haar vingers. 'Ik kan niet beloven dat ik nooit boos en gefrustreerd zal zijn omdat er dingen gebeuren waardoor we elkaar niet kunnen zien, maar ik kan wel beloven dat ik jou er nooit de schuld van zal geven.'

'En ik beloof hetzelfde.'

'*Myst!*'

'Ik kom eraan!', riep ze als antwoord op de paniekerige gil, en George liet haar hand los.

'Ga maar', zei hij tegen haar. 'Ik wacht nog even voordat ik achter je aan kom.'

'Dank je!' Ze haastte zich naar de deur, keek over haar schouder om hem nog een hartverscheurende glimlach te schenken, en hij bleef enkele ogenblikken met zijn hand op zijn hart staan. Hij had het vreemde gevoel alsof hij uit een droom ontwaakte, alsof ze niet helemaal echt was geweest.

De deur ging weer open en er verscheen een andere jonge vrouw; degene die hem naar Myst's kleedkamer had begeleid. Jessie, dacht hij dat haar naam was, en nu hij haar goed bekeek, vroeg hij zich af of zij en Myst familie waren. Jessie had dezelfde lichtblauwe ogen, dezelfde tengere bouw, hoewel ze een paar centimeter langer was, en haar donkere haar was geknipt in een gewaagd pixiekapsel met een felblauwe streep aan de voorkant.

Jessie sloeg haar armen over elkaar en staarde hem aan, hem van top tot teen opnemend. George had het ongemakkelijke gevoel dat hij werd gewogen en gemeten, en mogelijk te licht werd bevonden.

'Ze is veilig bij mij. Dat beloof ik', zei hij.

'Fysiek geloof ik je.' Jessie knikte, terwijl ze hem nog steeds aandachtig bekeek. 'Haar hart? Daar ben ik niet zo zeker van. Ik heb haar nog nooit zo zien doen bij iemand, en ik ken haar al haar hele leven.'

'Ben je haar zus?'

'Nicht.' Jessie's glimlach was vluchtig, scherper en cynischer dan die van Myst. 'Ze is drie jaar jonger. Mijn vroegste herinneringen zijn dat ik haar hoorde zingen en piano spelen.'

'Ik ben blij dat ze iemand heeft die op haar let en die er niet alleen voor het geld is', zei George oprecht. 'Iemand die er is omdat diegene van haar houdt.'

Jessie leek een beetje te verzachten bij zijn woorden. 'Ik hou van haar, en geloof me, als je haar hart breekt, maak ik je *kapot*.'

'Dat ben ik niet van plan. Ik ben geen player; ik was echt niet op zoek naar een relatie, maar toen ik haar gisteren zag, was het alsof er een knop omging. Ik *moest* haar ontmoeten.'

'Ze zei vrijwel hetzelfde over jou', merkte Jessie droogjes op. 'Nou, als we dit gaan doen, kun je me beter een telefoonnummer geven waarop ik je rechtstreeks kan bereiken. Die PA Zoe is erg aardig, maar we moeten dit zo klein mogelijk houden als je niet wilt dat de paps je op de hielen zitten.'

George noemde zijn telefoonnummer en sloeg het nummer op dat ze hem in ruil gaf. Hij gaf ook een privé e-mailadres dat hij op een berichtenapp gebruikte, uitsluitend voor goede vrienden en familie.

'Hebbes.' Jessie voerde het in op haar telefoon. 'Ik geef dat door aan Myst, en ik neem contact met je op zodra we in Londen zijn, om een tijd te vinden waarop ze je kan ontmoeten.'

'Dat zou ik fijn vinden. Dank je.'

Ze keek op van haar telefoon om zijn blik te vangen en knikte kort. 'Er staat een auto op je te wachten bij de artiesteningang om je terug te brengen naar je hotel. Bedank mij niet, bedank Zoe', voegde ze eraan toe toen hij haar weer begon te bedanken. 'Ik zou haar in vertrouwen nemen, als ik jou was, en haar laten zweren dat ze het geheimhoudt. Je hebt minstens één persoon in jouw kamp nodig die je kan dekken en ze lijkt zowel competent als in staat om vertrouwelijkheid te bewaren.'

'Ik zal erover nadenken', zei George. 'Ze is in dienst van het teammanagement, niet van mij, dus als het management haar iets zou vragen, weet ik niet zeker of ze me *zou* dekken.'

'Hm. Misschien een teamgenoot die je vertrouwt, dan?' Jessie haalde haar schouders op alsof ze wilde zeggen: *jouw probleem, niet het mijne.*

'Ik zal erover nadenken', zei George opnieuw, maar hij wist dat ze gelijk had. Hij had iemand aan zijn kant nodig die zijn dekmantel zou ondersteunen, want anders zou het roddelcircuit heel snel op gang komen, en er waren journalisten die met het team meereisden, in dezelfde hotels verbleven. Het waren sportjournalisten, dat klopt, maar sommigen van hen zouden op zijn minst banden hebben met society- en roddelcorrespondenten, en de aanvoerder van het Australische team die met een popprinses uitgaat, was een te sappig nieuwtje om geheim te houden.

Hij bereikte het teamhotel met nog maar een paar minuten te gaan voor middernacht en glipte de lobby in met een vrolijke goedenavond van de assistent-coach die iedereen afvinkte als aanwezig.

'Genoten van het concert, George?', vroeg de coach.

'Zeker. Ze was geweldig, een echte ster. Ik zou graag nog eens gaan', zei hij, in de hoop een zaadje te planten toen de coach glimlachte en knikte.

'Ja, alle anderen zeiden ook dat ze genoten hebben. Welterusten.'

Zijn telefoon trilde in zijn zak toen hij zijn kamer bereikte; hij haalde hem tevoorschijn en glimlachte toen hij een bericht van Myst zag verschijnen.

Het spijt me dat ik vanavond niet meer tijd met je kon doorbrengen, ik had graag langer met je gepraat.

Ik ook, typte George terug. *Vertel me eens iets.*

Iets?

Iets over jezelf dat niet iedereen weet. Ik begin wel, als je wilt. Ik ben de jongste van vijf en de anderen zijn allemaal meiden. Ik heb elf nichtjes en neefjes en ik ben die dwaze oom die stomme dingen doet zoals drumstellen voor ze kopen.

LOL! Oké dan. Dit is een groot, duister geheim, dus je mag het nooit met iemand delen, maar mijn echte naam is Joanna Jones.

Ik snap waarom je een artiestennaam hebt genomen. Myst past beter bij je. Joanna Jones is gewoontjes en jij bent allesbehalve dat.

Dat betekent zoveel meer komende van jou dan van al die slijmballen die vanavond over me heen liepen te kwijlen. Dank je.

Ze praatten urenlang en ontdekten een heleboel dingen die ze gemeen hadden. Ze hadden als kinderen in dezelfde buitenwijk van Sydney gewoond, hoewel ze naar verschillende scholen gingen. Myst was vijf jaar jonger dan George, maar toch vonden ze een paar gezamenlijke kennissen, favoriete cafés en plekken die ze graag bezochten.

Pas toen het eerste grijze ochtendlicht langs de luxaflex achter de gordijnen van de hotelkamer begon te sijpelen, keek George op de klok en realiseerde zich tot zijn schrik dat ze de hele nacht hadden zitten sms'en.

OMG. Ik moet gaan. Ik moet over 2 uur in een bus naar het vliegveld zitten.

Wow, moet je de tijd zien! Sorry. Ik zat zo vol adrenaline dat ik niet kon slapen, en ik heb je de hele nacht wakker gehouden.

Hij glimlachte toen hij dat las. *Ik heb de tijd niet gemerkt, ik vond het te leuk om met je te praten.*

Ik ook. Ik hoop dat je vandaag tijd hebt voor een dutje. Ik vlieg pas vanavond.

Komt goed. Veilige reis, ik spreek je later.

Een klop op zijn deur deed George opschrikken en de telefoon op het bed naast hem laten vallen. 'Ja?', riep hij.

'Ontbijt over dertig minuten', riep een stem. 'Opschieten!'

'Ik kom eraan.' Hij duwde zich zuchtend van het bed en liep naar de douche. Hij zou uitgeput moeten zijn na een hele nacht wakker te zijn geweest, maar hij voelde zich niet al te slecht. Het zou hem later waarschijnlijk wel overvallen, wat tenminste een goed excuus zou zijn om vroeg naar bed te gaan en het teammanagement blij zou maken dat hij het goede voorbeeld gaf.

Toen hij uit de douche kwam, zag hij dat er nog een bericht op zijn app stond.

Ik kijk ernaar uit je snel weer te spreken.

Hij kon de grijns niet van zijn gezicht krijgen.

Hoofdstuk Drie

George kreeg tijdens de tour heel weinig tijd voor zichzelf tussen de trainingen, teambesprekingen, georganiseerde uitjes, persinterviews en wedstrijdvoorbereidingen door, maar de dagen daarop wist hij toch een flink aantal sms'jes met Myst uit te wisselen. Ze praatten over van alles en nog wat en leerden elkaar zo goed mogelijk kennen, aangezien ze elkaar niet persoonlijk konden spreken. Het lukte hun ook om een paar keer 's avonds laat via WhatsApp te bellen, en tijdens een van die gesprekken vertelde Myst dat ze gevraagd was om een prijs uit te reiken bij een show in Londen.

'Dat klinkt leuk,' zei George.

'Nou... ik vroeg me af of je misschien met me mee zou willen. Het is op dezelfde dag dat jij in Londen aankomt.'

Ze sloeg haar lange wimpers neer en keek weer in de camera. 'Ik bedoel, jij bent echt iemand waar tieners tegenop kijken, dus het zou volkomen logisch zijn als ik jou meeneem.'

Het was ook het soort media-aandacht dat hij altijd werd aangemoedigd op te zoeken, dus hij dacht niet dat het een probleem zou zijn. Hij beloofde het uit te zoeken en het haar zo snel mogelijk te laten weten, en werd beloond met een verpletterende glimlach die zijn hart een slag deed overslaan.

George had het sterke vermoeden dat hij de hele avond stomverbaasd naar haar zou zitten staren als een dwaas, maar het kon hem niets schelen.

Nadat hij had nagedacht over wat Jessie had geadviseerd, besloot hij uiteindelijk dat hij de waarheid aan de teammanager moest opbiechten en moest vragen of hij af en toe van Zoe's diensten gebruik mocht maken. Hij wilde Zoe niet vragen haar loyaliteit te verdelen, en hij wilde al helemaal niet dat de geheimhouding hem later zou opbreken.

De manager, Joel, keek hem over zijn bril aan terwijl George er een verklaring uitstamelde dat hij, misschien, een soort van aan het daten was met Myst.

'En?' drong Joel ten slotte aan.

'Ik wil met haar afspreken in Londen. Ze heeft me uitgenodigd om haar te begeleiden naar de Teen Idol Awards, die drie dagen voor de wedstrijd plaatsvinden.'

Joel wiegde bedachtzaam heen en weer op zijn stoel, duidelijk de implicaties overdenkend. 'Je moet je nog steeds aan de teamregels houden,' zei hij uiteindelijk. 'Geen alcohol op het evenement, en ik begrijp dat je de avondklok waarschijnlijk niet zult halen omdat die dingen uitlopen, maar blijf niet tot zonsopgang weg. Je wordt de volgende dag met alle anderen op het trainingsveld verwacht, en vanaf dan tot aan de aftrap staat je onder mijn schema.'

'Jazeker, meneer,' stemde George in. 'En, eh, de avond van de wedstrijd...'

'Geeft ze een concert, is het niet?'

'In de O2,' bevestigde George.

'Zodra de persconferenties zijn afgerond.' Joel knikte en richtte zijn aandacht weer op de stapel papieren voor hem. 'En daarna is de tour afgelopen; er is een herstelsessie op zondagochtend en we hebben zondagmiddag een video-evaluatie, maar daarna is je tijd voor jezelf totdat je naar huis vliegt. Wanneer dat ook is.'

George was van plan een paar dagen daarna naar huis te vliegen, maar dat hoefde eigenlijk niet. Hij hoefde pas over vier weken terug te zijn voor de voorbereidingstraining met zijn club. Toen hij Myst's tourschema opzocht, ontdekte hij dat ze na Londen doorging naar Parijs, dan Amsterdam, Stockholm, Oslo, München, Berlijn en nog meer, een volledige Europese tour voor de komende twee maanden. Het voelde aanmatigend om voor zichzelf alvast een vlucht naar Parijs te boeken, maar hij dacht dat het vrij eenvoudig zou zijn om dat te regelen als het nodig was, hoewel hij waarschijnlijk bij Zoe moest informeren of hij visa nodig had.

Met een zacht 'dank je' voor Joel glipte hij naar buiten en liep terug naar zijn kamer. Hij zou eerst een berichtje naar Myst sturen om haar te laten weten dat hij toestemming had om met haar naar de awardshow te gaan.

Aanvoerder van het team zijn was een compleet nieuwe wereld, ontdekte hij. Hij was al een aantal jaren een speler van naam, bijna vanaf zijn eerste interland vier jaar geleden al getipt als toekomstig aanvoerder, en had gedacht dat hij begreep wat media-aandacht inhield. Overal herkend worden was echter zenuwslopend, en de manier waarop journalisten alert leken te worden zodra hij een kamer binnenkwam was iets waar hij denk hij nooit aan zou wennen.

Dat alles verbleekte echter tot niets toen hij uit de limousine op de rode loper bij de evenementenlocatie stapte en duizend flitslampen in zijn gezicht afgingen.

'Ontspan,' fluisterde Myst zachtjes, haar stem nauwelijks hoorbaar boven het chaotische geroezemoes van de menigte. Ze keek met een snelle glimlach naar hem op, haar lichtblauwe ogen fonkelend onder de felle lichten. 'Blijf gewoon lopen. Linkervoet, rechtervoet. Dit kun je.'

'Jij hebt makkelijk praten,' mompelde George terug, terwijl hij ongemakkelijk met zijn schouders bewoog in het maatpak dat plotseling twee maten te krap aanvoelde. Ergens links van hem schreeuwde iemand Myst's naam alsof ze de wederkomst aankondigden.

'Hierheen, Myst! Geef ons een pose!'

'Wie is je date, Myst?!'

'Je ziet er zoals altijd prachtig uit, Myst! Krijgen we een glimlach?'

Ze ging er allemaal mee om alsof ze door water gleed, sereen en onverstoorbaar. Haar vrije hand ging omhoog in een gracieus gebaar, haar vingers net genoeg bewegend om de menigte te erkennen zonder dat het te ingestudeerd leek.

'Hoe kun je jezelf überhaupt horen denken?' vroeg George, en hij boog zich dichter naar haar oor. Zijn toon was luchtig, maar de verbijstering in zijn stem was echt.

Myst lachte zachtjes, een geluid dat alleen voor hem bestemd was. 'Je denkt niet, je zweeft,' antwoordde ze, terwijl ze lichtjes in zijn hand kneep voordat ze hem vooruit leidde. 'En als zweven niet werkt, gewoon glimlachen en knikken. Zo.' Ze draaide haar gezicht naar de camera's, haar uitdrukking veranderde in iets stralends, maar toch moeiteloos natuurlijk. Het was betoverend en... eerlijk gezegd een beetje angstaanjagend.

George probeerde haar na te doen, hoewel het meer voelde alsof hij zijn tanden ontblootte dan dat hij glimlachte. 'Zo?' vroeg hij, terwijl hij naar haar neerkeek.

'Bijna goed,' plaagde ze, haar lippen trilden alsof ze een lach inhield. 'Maar misschien een tandje minder. Je ziet eruit alsof je op het punt staat iemand te tackelen.'

'Een automatisme,' zei hij doodserieus, wat hem weer een stille lach van haar opleverde. Het was aardend, dat geluid. Te midden van alle chaos was Myst een stabiele aanwezigheid, haar houding als een onzichtbaar schild om hem heen.

'Ogen omhoog, rugbymeneer,' mompelde ze, en ze knikte met haar hoofd naar een andere rij fotografen. 'Ze vreten je met huid en haar op als je er verloren uitziet.'

'Daar is het al te laat voor,' zei hij zachtjes, maar hij hief toch zijn kin op en probeerde ook maar de helft van het zelfvertrouwen uit te stralen dat zij moeiteloos leek te bezitten. De camera's klikten luider, het geschreeuw zwol aan toen Myst halverwege de loper stopte om haar houding aan te passen. Ze draaide haar lichaam net genoeg naar George toe om hem in het kader te betrekken, maar niet zozeer dat het moment om hem draaide. Ze beschermde hem, besefte hij, door subtiel de aandacht af te leiden zonder dat het opviel.

'En nu lachen,' fluisterde ze, met een speelse klank in haar stem.

'Het voelt nog steeds alsof ik in een hinderlaag word gelokt,' mopperde hij, maar hij slaagde er toch in te grijnzen. Hij was hier misschien niet op zijn plek, maar hij wilde het proberen. Niet voor de camera's, niet voor de menigte, maar voor haar.

'Zie je wel? Je bent een natuurtalent,' zei Myst, haar ogen ontmoetten de zijne kort voordat ze zich weer tot de zee van lenzen wendde. Haar hand bleef stevig in de zijne, een anker in de storm. Voor iemand die zo klein was, had ze een manier om de ruimte te beheersen, om de chaos naar haar hand te zetten. George kon alleen maar bewonderen hoe makkelijk ze het liet lijken.

'Ik zou dit niet bepaald mijn natuurlijke habitat noemen,' mompelde hij, terwijl hij de gekte om hen heen overzag. Mensen drukten tegen de barrières, rekkend voor een beter zicht. Microfoons staken als speren naar voren. 'Het voelt meer alsof ik midden in een scrum sta.'

'Ah, maar scrums zijn jouw specialiteit, nietwaar?' grapte Myst, en ze wierp hem een snelle blik van opzij toe. Haar lippen krulden in een grijns en voor een fractie van een seconde vergat George de camera's, de menigte, alles.

'Touché,' gaf hij toe. Haar energie was aanstekelijk, ze trok hem uit zijn eigen hoofd en het moment in. Misschien was deze wereld niet de zijne, maar met Myst die de weg wees, leek het niet meer zo onoverkomelijk.

Er waren een hoop stemmen die schreeuwden, die Myst riepen om alle kanten tegelijk op te kijken, te glimlachen, en die vroegen wie haar date was.

'Kijken jullie dan geen van allen sport?' lachte Myst, een sprankelend geluid dat George's ruggengraat deed tintelen. 'Dit is mijn goede vriend George Dennis, aanvoerder van het Australische rugbyteam, jullie heidenen.'

De intensiteit van de flitslampen nam weer toe, waardoor George met zijn ogen knipperde. Nu werden er vragen naar hem geschreeuwd, men vroeg hoe hij Myst kende, of ze een relatie hadden?

'Goede vrienden, stelletje aasgieren,' zei Myst, haar glimlach wankelde geen moment. 'Laat die man met rust. George, laten we naar binnen gaan. Er komt zo wel weer iemand anders aan en ik weet zeker dat er op de rode loper iemand staat te wachten om een microfoon in mijn gezicht te duwen.' Ze haakte haar hand in zijn arm en gaf hem een zacht duwtje, en hij draaide zich instinctief in de richting die ze aangaf.

Een lange, prachtige zwarte vrouw in een glinsterend, limoengroen pak stond op hen te wachten, met een tv-camera op haar schouder en een microfoon in haar hand. Myst's glimlach werd breder en, dacht George, een beetje oprechter toen de vrouw hen de weg versperde.

'Rebekah. Goed je te zien.'

'Het is fáááántastisch om *jou* weer te zien, Myst mijn liefje,' sprak de vrouw slepend. 'En wie is deze heerlijke hunk aan je arm? Een klein vogeltje fluistert me in dat hij een van je mede-gevangenen is, ik bedoel, Australiërs?'

George grijnsde, hij mocht de vrouw onmiddellijk. 'George Dennis, mevrouw. Een genoegen je te ontmoeten.' Galant boog hij over haar hand, drukte een lichte kus op haar knokkels en knipoogde naar haar toen hij weer overeind kwam.

'Mijn hemel,' mompelde Rebekah waarderend, terwijl ze de breedte van zijn schouders opnam. 'Myst, ik wist niet dat je het in je had.'

'Heb ik ook niet,' zei Myst op vertrouwelijke toon, naar voren leunend, en barstte toen in een schaterlach uit, terwijl zelfs de cameraman zijn oog van zijn lens haalde om naar haar te staren. 'George is een vriend, Rebekah! Hij is de aanvoerder van het Australische internationale rugbyteam. Ze zijn hier op tournee. Zaterdag spelen ze tegen Engeland in Twickenham, maar voor vanavond was hij zo vriendelijk om me naar de uitreiking te escorteren.'

'Nou.' Rebekah monsterde hem van top tot teen en wierp Myst toen een ondeugende grijns toe. 'Als ik in jouw schoenen stond, liefje, zou ik er schaamteloos misbruik van maken. En over schoenen gesproken, trouwens, die zijn fáááántastisch, wie heeft ze gemaakt? En je jurk?'

'Ik mocht haar wel,' mompelde George een paar minuten later in Myst's oor, terwijl ze verder over de rode loper liepen.

'Ik denk dat ze oprecht is, ondanks die oppervlakkige houding. Ik mag haar ook.' Myst knikte en glimlachte, maar stopte niet meer, ondanks dat andere presentatoren haar probeerden te wenken. Ze liepen door de deuren het gebouw binnen en George keek om zich heen, een beetje verblind door de felle lichten binnen, de schittering van de jurken. Het was een stuk beter verlicht dan de rugby-awardsdiners waar hij aan gewend was, en hij besefte meteen dat het kwam door de tv-camera's die overal stonden, gepositioneerd waar ze op elk moment de reacties van iedereen in het publiek konden vangen.

George zat stijf op zijn stoel vooraan in de grote zaal, en voelde zich volkomen misplaatst te midden van de glinsterende zee van designerjurken en smokingjasjes. Om hem heen zoemde de lucht van geklets en het af en toe opklinkende beleefde applaus als er prijzen werden uitgereikt. Maar niets ervan drong echt tot hem door. Zijn aandacht was gericht op Myst, terwijl ze onder de gloed van duizend lichten over het podium liep.

Ze zag er stralend uit, haar golvende donkere haar viel over haar rug en ving de zachte glans van de jurk die ze droeg, een diep smaragdgroen dat bij elke beweging van kleur leek te veranderen. George keek toe hoe ze naar het podium liep, haar zelfvertrouwen was zelfs op afstand voelbaar. Ze liep niet zomaar; ze beheerste de ruimte, elke stap was doelgericht, elke glimlach weloverwogen en toch op de een of andere manier oprecht.

'Dank jullie wel dat jullie hier vanavond allemaal zijn,' begon Myst. Ze sprak op haar gemak en verweefde humor en gratie in haar toespraak terwijl ze de genomineerden voor de volgende prijs introduceerde. Het publiek hing aan haar lippen, volledig geboeid.

George kon niet anders dan bewonderen hoe moeiteloos ze het allemaal liet lijken. Dit was haar wereld; stralend, gepolijst, eindeloos veeleisend. Het leek in niets op de zijne, waar doorzettingsvermogen en teamwerk de boventoon voerden. Terwijl hij haar nu zag, omringd door glamour en applaus, vroeg hij zich af of hij zichzelf alleen maar voor de gek hield door te denken dat hij in dit leven dat zij had opgebouwd zou kunnen passen.

Toen de winnaar werd aangekondigd en er gejuich opsteeg in de zaal, verschoof George ongemakkelijk op zijn stoel. Misschien was dit geen scrum, maar het voelde net zo overweldigend, net zo meedogenloos. Hij frunnikte aan zijn manchetknopen, in een poging de twijfel die in zijn gedachten sloop van zich af te schudden.

Toen keek Myst zijn kant op.

Het was vluchtig, slechts een flits van haar blik over de menigte, maar die landde precies op hem. En toen haar lippen zich tot een zachte, veelbetekenende glimlach krulden, was het alsof de rest van de zaal verdween. Op dat moment maakte het niet uit hoe verschillend hun werelden waren. Ze zag hem. Niet de rugbyster of de vis op het droge in een smoking, maar gewoon hem.

George voelde de spanning uit zijn schouders wegvloeien. Hij ging rechter in zijn stoel zitten en beantwoordde haar glimlach met een vage glimlach van hemzelf. Misschien begreep hij deze wereld van haar niet helemaal, maar voor nu was die blik genoeg om hem eraan te herinneren waarom hij hier was. Voor haar.

Een paar minuten later leunde hij tegen de muur backstage, zijn handen in de zakken van zijn smokingbroek gestoken.

Het vertrouwde geklik van hakken op de gepolijste vloer doorbrak zijn gedachten en daar was ze, door het gordijn glippend met een gemak dat het deed lijken alsof de plek van haar was, wat eerlijk gezegd ook wel zo was. Haar donkere haar glansde onder de gedimde backstageverlichting en viel over de strakke smaragdgroene jurk. Ze zag eruit als een droom, en George voelde zich een hele grote, hele onhandige figurant in haar film.

'Goh, wat een verrassing om jou hier te zien,' zei Myst met een plagend ondertoontje in haar stem, terwijl ze voor hem stopte en haar hoofd lichtjes kantelde om zijn blik te vangen.

'Ja, nou ja,' antwoordde George, terwijl hij zich in zijn nek krabde. 'Ik dacht, ik bivakkeer hier achter de schermen en probeer niets duurs te slopen.'

Myst lachte, zacht en warm, en het geluid verlichtte een deel van de spanning die in zijn schouders geknoopt zat. 'Je doet het niet slecht voor een rugbyspeler die de show stal op de rode loper.' Ze trok een wenkbrauw naar hem op, een speelse uitdaging schitterend in haar lichtblauwe ogen.

'De show gestolen? Ik was volgens mij vooral aan het proberen niet over mijn eigen voeten te struikelen,' kaatste George terug. 'Laten we eerlijk zijn, je bent mij mijlenver voor in dit alles.'

'Mijlenver?' herhaalde Myst, alsof ze erover nadacht. 'Misschien. Maar ik moet zeggen, je ziet er goed uit als je je opdoft. Ik denk dat je daarbuiten een paar mensen hartkloppingen hebt bezorgd.'

'Houd op,' kreunde George, hoewel zijn oren duidelijk rood werden. 'Ik ben niet gemaakt voor dit celebritygedoe. Ik ben meer van "modderige laarzen en blauwe plekken" dan... wat dit ook is.'

'Doe jezelf niet tekort,' zei ze, terwijl ze hem zachtjes in zijn arm stootte. 'Je hebt charme als je de camera's niet ontwijkt alsof je getackeld wordt.'

'Nou,' weerlegde George, terwijl hij net ver genoeg vooroverboog om haar blik te vangen, 'als ik al charme heb, is dat alleen omdat ik naast iemand sta die de hele zaal moeiteloos inpakt.'

'Vleier,' mompelde Myst en rolde met haar ogen, maar de roze blos op haar wangen sprak dat tegen. Ondanks al haar elegantie vond George het fijn om te weten dat hij haar nog steeds kon overrompelen.

Er veranderde iets in de sfeer. Haar glimlach werd zachter toen ze naar het gordijn keek waar ze doorheen was gekomen. Het lawaai uit de zaal was nu weggeëbd, vervangen door het verre geklets en de gehaaste voetstappen van personeel dat het podium opnieuw inrichtte. Toen ze zich weer naar George omdraaide, was de schittering in haar ogen een fractie gedoofd.

'Bedankt dat je hier bent,' zei ze zacht, haar stem dieper en oprechter. 'Deze avonden... ze kunnen zo groots en luid aanvoelen, maar op de een of andere manier toch eenzaam. Het is makkelijker nu jij er bent.'

'Eenzaam?' George fronste en ving de vage kwetsbaarheid in haar toon op. 'Jij? Je bent omringd door mensen die je aanbidden.'

'Aanbidding is niet hetzelfde als verbondenheid,' antwoordde Myst en haalde haar schouders een beetje op. 'Het is anders als er altijd van je wordt verwacht dat je "aan" staat.' Ze pauzeerde en glimlachte toen naar hem, een beetje weemoedig, misschien een beetje dankbaar. 'Maar vanavond voel ik me niet zo alleen.'

'Nou,' zei George na een korte stilte, zijn stem nu zachter, 'ik ben blij dat ik kon helpen. Zelfs als ik eigenlijk je menselijke schild tegen de paparazzi ben.'

Voordat ze kon antwoorden, verscheen Jessie om de hoek, helemaal in het zwart gekleed met een headset op haar oor. 'Myst, het team wil je op de afterparty. Die is al begonnen.'

'O, echt waar?' antwoordde Myst, met een onleesbare ondertoon in haar stem. Ze keek naar George, alsof ze haar opties afwoog.

'Ga,' zei George vastberaden, en hij gaf haar een duwtje. 'Dit is jouw avond. Laat mij je niet tegenhouden.'

'Mij tegenhouden?' herhaalde ze met een frons. 'George, ik heb de hele avond rondgeparadeerd onder flitslichten en met een ingestudeerde glimlach. Als ik één feestje wil overslaan om tijd door te brengen met iemand die me daadwerkelijk met beide benen op de grond houdt, dan heb ik dat volgens mij wel verdiend.'

'Daar heb je een punt,' gaf George toe, hoewel hij de warmte weer naar zijn wangen voelde stijgen. 'Maar toch, zal je team niet geïrriteerd zijn?'

'Vast wel,' zei ze, terwijl haar lippen in een ondeugende glimlach krulden. 'Maar dat overleven ze wel. Vanavond bepaal ík wat ik wil, en op dit moment wil ik hier blijven.'

'Met mij?' vroeg George met een sceptisch opgetrokken wenkbrauw.

'Met jou,' bevestigde Myst, zonder enige aarzeling in haar stem. 'Ik sla het feestje over, Jessie!' riep ze naar haar nicht, die knikte alsof ze precies dat antwoord had verwacht.

'Veel plezier,' riep Jessie hun na. 'Doe geen dingen die ik ook niet zou doen!'

Myst trok aan Georges hand, haar hakken klikten in een staccatoritme op de betonnen vloer terwijl ze via de zijuitgang naar buiten glipten. Het gedempte gebrul van de show stierf achter hen weg, en binnen enkele ogenblikken zaten ze weer in de auto, op weg naar Myst's hotel, een stil, discreet en erg duur oud gebouw op een paar straten afstand. Terwijl de glimmende liftdeuren dichtgleden, leunde George achterover tegen de spiegelwand en slaakte een lange zucht. Hij maakte zijn strikje los en propte het in de zak van zijn colbert.

'Vertel me nog eens hoe ik hierin verzeild ben geraakt?' vroeg hij, hoewel de hoek van zijn mond omhoogtrok.

'Verzeild geraakt?' herhaalde Myst met gespeelde verontwaardiging. 'Je was praktisch een vrijwilliger. Denk maar niet dat ik niet zag hoe je je borst vooruitstak op de rode loper.'

'Dat was geen borst vooruitsteken,' verdedigde George zich. 'Dat was overleven. Heb je enig idee hoe angstaanjagend die camera's zijn? Ze zijn net gieren met flitsers.'

'Welkom in mijn wereld,' zei ze zacht, haar glimlach vervagend tot iets rustigers. Ze keek neer op hun ineengestrengelde handen, alsof ze nu pas besefte dat ze niet had losgelaten. Een moment lang bewoog geen van beiden. Toen klonk het belletje van de lift, wat de betovering verbrak.

'Kom op,' mompelde Myst en trok hem mee. 'Laten we hier weggaan voordat iemand besluit ons op te jagen.'

De kamer was ruim maar toch gezellig, het soort luxe dat bewoond aanvoelde in plaats van in scène gezet. Warme, gouden lampen wierpen een zachte gloed over pluchen, antieke meubels en een salontafel bezaaid met bladmuziek en een vergeten kopje thee.

'Wauw,' zei George, terwijl hij zijn handen in zijn zakken stak en alles in zich opnam. 'Dit is... niet wat ik had verwacht.'

'Goed of slecht?' vroeg Myst, terwijl ze haar hakken uitschopte en met een zucht van verlichting op de bank zonk. Haar tengere gestalte leek in de kussens te smelten, haar gebruikelijke elegantie maakte plaats voor iets veel menselijkers.

'Goed,' zei hij snel, en voegde eraan toe: 'Ik denk dat ik meer... glitters had verwacht?'

'Laat je niet misleiden door het podiumpersonage,' zei ze met een handgebaar. 'Op de meeste dagen mag ik van geluk spreken als ik bijpassende sokken kan vinden, laat staan glitters.' Ze knikte met haar hoofd naar de plek naast haar, en na een moment van aarzeling ging George naast haar zitten. Hij trok zijn colbert uit en legde het op de armleuning. Het was warm in de suite.

Een tijdje zaten ze in een behaaglijke stilte. Myst trok haar benen onder zich, terwijl ze afwezig patronen op de armleuning tekende. George leunde voorover, met zijn ellebogen op zijn knieën, en staarde naar niets in het bijzonder. Het was Myst die als eerste de stilte verbrak, haar stem nauwelijks luider dan een fluistering.

'Heb je ooit het gevoel dat... je het leven van iemand anders leidt?'

George draaide zich naar haar toe, verrast door de vraag. 'Wat bedoel je?'

'Alsof je een rol speelt die iedereen van je verwacht,' legde ze uit, haar blik gefixeerd op de salontafel. 'En als je ook maar een seconde stopt, stort het hele kaartenhuis in elkaar. Het is vermoeiend, proberen om alles voor iedereen te zijn. Soms vraag ik me af of ik überhaupt nog weet wie ik ben.'

'Hé,' zei George zacht en strekte zijn hand uit om de hare aan te raken. Ze keek op, verschrikt, alsof het niet haar bedoeling was geweest om zoveel te zeggen. 'Je bent niet zomaar iemand. Je bent Myst. En of je nu op het podium staat of hier op blote voeten zit met theevlekken op je tafel, je bent nog steeds jij.'

'Theevlekken?' herhaalde ze, haar lippen trilden ondanks zichzelf.

'Grote,' bevestigde hij grijnzend. 'Precies daar. Ik weet vrij zeker dat die er nooit meer uitgaan. Het hotel gaat je opzadelen met de rekening.'

'Rugbyspelers,' mompelde ze hoofdschuddend. 'Zo opmerkzaam.'

'Beroepsrisico,' grapte hij. Maar toen werd zijn toon zachter. 'Maar serieus, ik snap het. Aanvoerder zijn... het gaat niet alleen om de wedstrijd. Mensen verwachten dat je alle antwoorden hebt, dat je leidt, dat je nooit wankelt. En ja, het geeft voldoening, maar het is ook...' Hij pauzeerde, op zoek naar het juiste woord. 'Eenzaam, soms.'

'Ja,' zei Myst zacht. 'Eenzaam.'

Het woord hing tussen hen in, zwaar maar niet onwelkom. Myst schoof dichterbij, haar knie raakte zijn dij, en toen ze hem dit keer aankeek, was er geen spoor meer van de sprankelende popster of de beheerste presentatrice. Alleen Myst – open, puur, echt.

'Bedankt dat je dat zegt,' zei ze. 'De meeste mensen gaan er gewoon van uit dat ik alles op een rijtje heb.'

'De meeste mensen letten niet op,' antwoordde George. 'Maar ik ben niet zoals de meeste mensen.'

'Duidelijk,' plaagde ze, het licht keerde terug in haar ogen. 'De meeste mensen zouden een nacht met die camera's niet overleven.'

'Tja,' zei hij, terwijl hij met een dramatische zucht achteroverleunde. 'Niet alle helden dragen een cape. Sommigen van ons dragen gewoon groen en goud.'

'Rugbyheld,' zei ze weer, maar dit keer was haar toon anders, zachter, bijna teder. Ze streek een losse lok donker haar achter haar oor en glimlachte op een manier die zijn borstkas deed samentrekken. 'Je zit vol verrassingen, George Dennis.'

'Ik kan hetzelfde van jou zeggen,' mompelde hij, niet in staat om weg te kijken.

De lucht tussen hen veranderde, geladen met iets onuitgesprokens maar onmiskenbaars. Myst's hand bleef op het kussen tussen hen in liggen, zo dichtbij dat George de warmte ervan kon voelen. Een vluchtig moment dacht hij erover om de afstand te overbruggen, over wat het zou betekenen om die stap te zetten. Maar in plaats daarvan bleef hij waar hij was, wachtend, hopend, dat zij de beslissing zou nemen.

Myst's lach was zacht, bijna een fluistering tegen de stille rust van de suite. Ze leunde achterover op de pluchen bank, haar knieën onder zich opgetrokken, en keek George aan met die halve glimlach die hem vanaf hun eerste ontmoeting had betoverd. 'Oké, rugbyheld,' zei ze, terwijl ze haar hoofd schuin hield en haar donkere haar als zijde over één schouder viel. 'Wat is ervoor nodig om te zorgen dat je stopt zo naar me te kijken?'

'Zoals wat?' vroeg George, zijn stem laag en korrelig. Hij zat op het randje van de bank, zijn ellebogen rustend op zijn knieën, zijn handen ineengevouwen alsof hij zich schrap zette voor een impact. Hij wist niet precies wanneer de kamer kleiner of warmer was gaan aanvoelen, maar het was gebeurd.

'Alsof ik een of ander mysterie ben dat je probeert op te lossen,' antwoordde Myst, haar lichtblauwe ogen speels vernauwend. Maar er was ook iets anders, iets stillers, kwetsbaarders, net onder de oppervlakte verborgen.

'Misschien *ben* je ook wel een mysterie,' kaatste hij terug, zijn lippen kromden zich in een langzame glimlach. 'En misschien los ik graag dingen op.'

'Voorzichtig,' waarschuwde ze, terwijl ze net genoeg naar voren leunde om een paar centimeter van de ruimte tussen hen te overbruggen. Haar stem was plagend, maar haar blik bleef vast, op de zijne gericht alsof ze hem uitdaagde weg te kijken. 'Misschien vind je het niet leuk wat je ontdekt.'

'Dat betwijfel ik.'

De woorden kwamen er zachter uit dan hij bedoeld had, en het gewicht ervan hing tussen hen in de lucht, zwaar maar niet ongemakkelijk. George voelde zijn polsslag versnellen, het gestage gebons van zijn hart was plotseling luider dan zou moeten. Hij had moeten wegkijken, of het weglachen, maar in plaats daarvan bleef hij waar hij was, vastgenageld door haar pure aantrekkingskracht.

Zij bewoog als eerste en overbrugde de afstand op een manier die moeiteloos en natuurlijk aanvoelde. Het ene moment zat ze daar, met haar hand lichtjes rustend op het kussen tussen hen in, en het volgende moment streken haar vingers over zijn arm, aarzelend maar warm. De aanraking joeg een rilling over zijn ruggengraat en voordat hij zichzelf kon tegenhouden, pakte hij haar hand, zijn handpalm gleed over de hare en hield die vast alsof het iets kwetsbaars was.

'George,' mompelde ze, haar stem nu nauwelijks hoorbaar. Het klonk niet als een vraag, of zelfs als een constatering. Meer als een naam die ze nog aan het uitproberen was, testend hoe die op haar tong voelde.

'Ja?' Zijn keel voelde strak aan, zijn stem ruwer dan normaal. Ze was nu zo dichtbij dat hij de vaagste sproetjes op haar neus kon zien, de manier waarop haar wimpers kleine schaduwen op haar wangen wierpen.

'Niks.' Ze schudde lichtjes haar hoofd, haar glimlach werd zachter terwijl haar vrije hand zijn weg naar zijn borst vond. Haar vingers krulden zich om de stof van zijn hemd en trokken er zachtjes aan. Niet genoeg om hem dichterbij te trekken, maar genoeg om hem te laten weten dat ze dat wilde.

'Dat lijkt me geen niks,' zei hij, de hoek van zijn mond trok omhoog. Maar de humor in zijn stem was vluchtig en werd al snel vervangen door iets diepers toen hij naar voren leunde, net genoeg zodat hun voorhoofden elkaar raakten.

'Verpest het niet,' fluisterde ze, haar adem warm tegen zijn wang. En voordat hij kon antwoorden, sloot ze de afstand volledig en drukte ze haar lippen op de zijne.

De kus was eerst langzaam, aarzelend. Een voorzichtige ontmoeting van werelden die geen van beiden nog volledig begrepen. Maar dat bleef niet lang zo. Georges hand gleed langs haar rug omhoog, zijn vingers verstrengelden zich in de golven van haar haar terwijl ze dichterbij schoof en haar lichaam zich tegen het zijne vormde. De smaak van haar bleef op zijn lippen hangen: iets zoets en onverwachts, als honing en citrus.

'God, Myst,' mompelde hij tegen haar mond, zijn stem brak lichtjes toen ze op zijn schoot klom. Haar gewicht rustte tegen hem aan, licht en aardend tegelijk, en het gevoel van haar kleine handen die over zijn schouders dwaalden, stuurde een golf van hitte door hem heen. Een van haar handen gleed naar de zoom van zijn shirt en zonder na te denken hielp hij haar het over zijn hoofd te trekken, waarbij hij de manchetknopen los-friemelde voordat hij het ergens achter zich gooide.

'Inderdaad een rugbyheld,' plaagde ze, haar woorden ademloos terwijl haar vingertoppen de lijnen van zijn borst volgden en bleven hangen bij oude littekens en de strakke spieren eronder. Maar haar glimlach wankelde een beetje toen haar ogen de zijne weer ontmoetten. Er was nog steeds een lach, maar ook aarzeling; net genoeg om hem eraan te herinneren dat dit voor hen beiden nieuw terrein was.

'Moet ik nu dank je wel zeggen?' grapte hij, hoewel zijn toon nu zachter was en paste bij de hare. Zijn handen rustten licht op haar heupen en hij kon het niet helpen zich te verwonderen over hoe perfect ze daar paste, alsof ze gemaakt was om precies daar te zitten waar ze zat.

'Misschien later,' antwoordde ze, en ze liet haar voorhoofd met een zachte lach op zijn schouder vallen. Een moment lang bleven ze gewoon zo zitten. Haar armen losjes om zijn nek geslagen, zijn handen stevig op haar zij, terwijl de intensiteit tussen hen ebde en vloeide.

'Hé,' zei hij na een tijdje, zijn stem nu stiller. 'Gaat het?'

'Ja,' zei ze, en ze tilde haar hoofd net genoeg op om zijn ogen weer te ontmoeten. Haar glimlach keerde terug, kleiner maar niet minder oprecht. 'Ik wil dit gewoon... niet verpesten.'

'Ik ook niet,' gaf hij toe, zijn duim streek achteloos langs de ronding van haar taille. En het was waar, dat wilde hij niet. Wat dit ook was, wat het ook kon worden, hij wilde dat het ertoe deed.

Voor nu hoefden ze het echter niet allemaal uit te zoeken. Voor nu hadden ze dit, dit stille, rommelige, prachtige niemandsland, en geen van beiden was al klaar om het los te laten.

Hoofdstuk Vier

Myst bewoog, het zachte gewicht van een wollen plaid gleed van haar schouder terwijl een zacht gekreun aan haar lippen ontsnapte. Haar lichaam voelde stijf, haar nek was in een ongemakkelijke hoek gebogen en het duurde een paar seconden voordat ze zich kon oriënteren. De bank. Ze lag op de bank.

Een warme, constante druk tegen haar zij bracht alles in een flits terug. De passionele zoenpartij, zij op schoot bij George, hem kussen tot ze bijna geen adem meer kon halen. George die haar handen pakte en het tempo zachtjes vertraagde toen zij de boel misschien had willen overhaasten. En toen, blijkbaar, waren ze daar gewoon samen in slaap gevallen.

Ze draaide haar hoofd een beetje, haar wang streek langs iets hards. George. Hij was er nog steeds, naast haar uitgestrekt, zijn lange benen hingen bijna over de rand van de bank. Zijn hoofd rustte tegen het kussen, naar haar toe gekanteld, zijn gelaatstrekken verzacht door de slaap. Zelfs met zijn mond een beetje open zag hij er absurd knap uit, op een ruige manier, als het soort man dat thuishoorde op de cover van een tijdschrift over overleven in de wildernis.

'Morgen,' mompelde George, zijn stem zwaar van de slaap, zijn accent dikker dan normaal. Een van zijn ogen ging op een kiertje open, het levendige blauw was zelfs in zijn halfbewuste toestand opvallend. Een scheve glimlach trok aan zijn mondhoek toen hij haar gezicht volledig in zich opnam. 'Plet ik je al?'

'Nog niet,' antwoordde Myst, een nerveus lachje borrelde op voor ze het kon tegenhouden. Haar wangen gloeiden. Ze ging iets rechterop zitten en probeerde te negeren hoe haar hart als een bezetene tekeerging. 'Hoewel mijn linkerbeen helemaal verdoofd is, dus beweeg misschien niet te snel.'

'Oké.' Hij grinnikte, laag en schor, en schoof zijn arm weg, wat een verrassende kou achterliet. Hij duwde zich overeind, zijn brede schouders namen voor zijn gevoel de halve kamer in beslag, zijn haar stak alle kanten op in een warrige bos. Het was volkomen oneerlijk hoe goed hij er 's ochtends vroeg uitzag.

'Hoe hebben we dit voor elkaar gekregen?' vroeg hij, terwijl hij in zijn nek wreef. 'Ik dacht dat ik om middernacht de deur uit zou zijn.'

'Ik denk dat we niet meer zo jong en veerkrachtig zijn als vroeger,' plaagde ze en streek een haarlok achter haar oor. Haar stem was licht, maar de waarheid hing als een spook tussen hen in. Ze hadden hier allebei voor gekozen.

'Mmm,' neuriede hij, terwijl hij haar van opzij aankeek. Zijn blik bleef net een tel te lang hangen, zijn uitdrukking onleesbaar. Toen, alsof hij werd gedreven door een onzichtbare kracht, reikte hij uit en streek zachtjes een haarlok uit haar gezicht. Zijn ruwe vingers schampten haar wang nauwelijks.

Myst verstijfde, haar adem stokte. Even leek de wereld zich te vernauwen tot enkel hen tweeën, het geroezemoes van de stad buiten verstomde door de stille intimiteit van de kamer. Georges hand zakte en hij schraapte zijn keel, plotseling bedeesd.

'Sorry,' zei hij, zijn oren kleurden roze. 'Je had... eh... een haartje in je oog.'

'Bedankt,' mompelde ze, haar stem nu zachter. Ze wist niet zeker of ze het zich verbeeldde, maar haar huid brandde waar hij haar had aangeraakt.

Ze zaten daar nog een moment, geen van beiden keek de ander echt aan, totdat Myst het niet meer kon inhouden. Een klein gegiechel ontsnapte aan haar lippen, wat de spanning verbrak. George trok een wenkbrauw op, zijn eigen grijns vormde zich langzaam.

'Iets grappigs?'

'Gewoon...' Ze gebaarde tussen hen in, haar gelach werd luider. 'Dit. Wij. In slaap vallen als tieners die naar een film kijken of zo. Het is belachelijk.'

'Belachelijk, hè?' Hij leunde achterover en kruiste zijn armen over zijn borst. 'Ik weet het niet. Het voelt eigenlijk best fijn.'

'Fijn?' herhaalde ze, haar gelach stierf weg tot iets zachters. Ze keek hem aan, en in zijn ogen zag ze iets onuitgesprokens dat haar maag deed omdraaien.

'Ja,' zei hij simpelweg. 'Fijn.'

Hun blikken bleven op elkaar gericht, en een vluchtig moment dacht ze dat hij naar voren zou leunen om haar opnieuw te kussen. Maar toen bewoog George, strekte zijn armen boven zijn hoofd met een dramatische gaap die de betovering verbrak.

'Is er een kans op koffie?' Hij schonk haar een van die verwoestend charmante glimlachen. En zomaar smolt de ongemakkelijkheid weg tot iets gemakkelijks en vertrouwds, een ritme dat ze zonder het te beseffen hadden gevonden.

Mysts hart zwol op. Wat dit ook was, ze was nog niet klaar om het te beëindigen. Nog niet.

Myst balanceerde haar mok thee in één hand en leunde tegen het aanrecht van de kitchenette. Ze keek toe hoe George, nog steeds heerlijk verkreukeld van de slaap, bij het raam stond en naar de Londense lucht tuurde alsof die hem persoonlijk iets had aangedaan.

'Ziet het er hier ooit niet uit alsof het gaat regenen?' vroeg hij, zijn stem schor van de ochtend.

'Welkom in Engeland,' plaagde Myst en nam een slokje van haar thee. 'Grijze luchten en thee zijn wel hun ding, heb ik gemerkt.'

'Thee,' mompelde hij en schudde zijn hoofd. 'Ik hou het hierbij.' Hij hief zijn eigen mok op, waar zwarte koffie uit stoomde.

Zo stonden ze al een paar minuten. Rustig, warm, vertoevend in de bubbel die ze op de een of andere manier hadden gecreëerd. Myst wist niet hoe lang ze dit konden volhouden voordat de realiteit zou binnendringen, maar ze had geen haast om erachter te komen.

'Jessie vermoordt me nog,' mompelde ze na een pauze, vooral tegen zichzelf. 'Ik had haar gisteravond mijn schema moeten sturen, en ik...' Ze liet haar zin onafgemaakt en keek naar George, die een wenkbrauw optrok.

'In slaap gevallen op je kwaliteitsbank met gezelschap van wereldklasse? Ja, tragisch excuus,' zei hij met een grijns.

'Wereldklasse, hè?' kaatste ze terug en kneep haar ogen tot spleetjes. 'Je loopt op de zaken vooruit.'

'Ik zeg gewoon wat ik zie.'

Ze rolde met haar ogen, maar onderdrukte een glimlach. Natuurlijk was dat het moment dat Jessie binnenstormde, klembord in de hand, eruitziend als de typische overwerkte assistente.

'Oké, we hebben...' Jessie verstijfde midden in een stap, haar scherpe blauwe ogen schoten heen en weer tussen Myst en George. 'O. Ik wist niet dat je nog... gezelschap had,' zei ze op een zorgvuldig neutrale toon.

'Goedemorgen voor jou ook, Jessie,' zei George, onverstoord, en schonk haar een van die ontwapenende glimlachen die Myst tegelijkertijd met haar ogen deden rollen en op slag deden smelten.

'Morgen,' antwoordde Jessie kortaf en richtte haar aandacht vervolgens op Myst. 'We moeten gaan. Je hebt de hele dag interviews en om drie uur een fotoshoot. De auto is er over dertig minuten.'

'Goed,' zei Myst, die het bekende schuldgevoel al aan haar borst voelde trekken. Ze keek naar George, die nu nonchalant tegen de vensterbank leunde, zijn koffie nog in de hand, en de uitwisseling observeerde alsof het hem amuseerde.

'Sorry,' zei ze zachtjes en stapte dichter naar hem toe. 'Het was niet mijn bedoeling om je in mijn chaos mee te slepen. Ik ben vrij voor het avondeten, rond een uur of acht misschien?'

'Tuurlijk,' zei hij op een gemakkelijke en geruststellende toon. 'Het is goed. Echt. Ik vermaak me wel. Misschien wat rondlopen, kijken wat Londen te bieden heeft.'

'Weet je het zeker?' drong ze aan en bestudeerde zijn gezicht. 'Ik voel me vreselijk dat ik je zo achterlaat.'

'Niet doen,' zei hij vastberaden, zijn oprechtheid doorbrak haar bezorgdheid. 'Jij moet dingen doen. Dat snap ik. Ga maar doen wat rocksterren zoal doen.'

'Dat is erg gul van je,' zei ze droog, hoewel haar lippen omhoog krulden.

'Zorg maar dat ik er geen spijt van krijg,' plaagde hij, dronk zijn koffie op en zette de mok in de gootsteen. 'Sms me als je me nodig hebt, oké?'

'Oké,' antwoordde ze zacht, haar hart maakte een klein sprongetje toen Jessie haar naar de deur loodste. Ze keek nog één keer achterom en zag George in het gouden licht van de keuken, zijn lange gestalte ontspannen maar zijn blik vast op haar gericht.

'Ga,' beeldde hij uit met zijn mond, grijnzend. En zomaar deed ze dat.

George zwierf doelloos door de drukke straten van Londen en ging moeiteloos op in het ritme van de stad. De kou beet in zijn wangen, maar de drukte van de mensen verwarmde iets in hem. Hij dook een café in de buurt van de Theems in voor de lunch en trof Zoe al aan een hoektafeltje aan.

'Goh, wat leuk je hier te zien,' zei ze toen hij in de stoel tegenover haar schoof. Haar stralende glimlach was zo scherp als altijd, en er lag een veelbetekenende blik in haar ogen die hem vertelde dat ze zijn humeur al had doorgrond.

'Ik had iemand nodig om me uit de warboel te praten waar ik in verzeild ben geraakt,' gaf hij toe met een schouderophalen, terwijl hij een hand door zijn haar haalde. Hij had haar een sms gestuurd na het verlaten van Mysts hotel, in de hoop dat ze nog in Londen zou zijn.

'Ah,' zei Zoe en leunde geïnteresseerd naar voren. 'Heeft dit toevallig iets te maken met een zekere zangeres-slash-internationale-sensatie?'

'Misschien,' gaf hij toe, met een halfslachtige grijns.

'Dat dacht ik al.' Zoe grijnsde en kruiste haar armen. 'Oké, vertel op. Wat zit je dwars?'

'Eerlijk?' Hij aarzelde even, keek uit het raam naar de grijze rivier voordat hij haar blik weer ving. 'Het is gewoon... raar. Daten met iemand als Myst. Alles voelt groter met haar, alsof het onder een vergrootglas ligt. Ik weet niet hoe ik daarmee om moet gaan.'

'Ah, de geneugten van de roem,' zei Zoe, haar toon was wrang maar niet onaardig. 'Laat me raden, je bent bang om "gewoon weer een beroemd vriendje" te zijn, toch?'

'Precies,' zei hij, frustratie sloop in zijn stem. 'Ik wil geen voetnoot in haar leven zijn, snap je? Maar ik wil haar ook niet tegenhouden. Ze heeft dit hele universum om zich heen gebouwd. Waar pas ik daarin?'

'George,' zei Zoe, leunde naar voren en verzachtte haar stem. 'Je zult erin passen omdat zij wil dat je erin past. Het gaat niet om een rolmodel zijn of roddelbladen ontwijken. Het gaat erom dat je er voor haar bent, op dezelfde manier als je er voor je teamgenoten bent als het startsignaal van de wedstrijd klinkt. Dat is wat telt.'

'Ja,' zei hij en ademde langzaam uit. 'Ik hoop gewoon dat ik genoeg ben.'

'Geloof me,' zei Zoe met een knipoog. 'Je bent meer dan genoeg.'

En voor het eerst die dag had George het gevoel dat ze misschien, heel misschien, gelijk had.

Het lage geroezemoes van het restaurant omhulde Myst als een vertrouwd deuntje, rustgevend in zijn eenvoud. Ze keek over het kleine tafeltje naar George, die het menu bestudeerde met de soort intensiteit die ze zich voorstelde dat hij bewaarde voor het analyseren van wedstrijdbeelden. Zijn voorhoofd fronste lichtjes, en ze moest een glimlach onderdrukken.

'George,' plaagde ze met een zangerige toon, 'het is een pubmenu, geen tactiekboek. Je hoeft je bestelling niet strategisch uit te stippelen.'

'Hé, dit is een serieuze zaak,' kaatste hij terug, zijn schorre stem doorspekt met gespeelde verontwaardiging. 'Je kunt een kerel niet zomaar in een nieuwe stad droppen en verwachten dat hij het verschil weet tussen steak and ale pie en shepherd's pie. Er staat hier iets op het spel. Letterlijk.' Hij trok een wenkbrauw op en grijnsde, duidelijk tevreden met zijn woordspeling.

'Vreselijk,' antwoordde Myst, zachtjes lachend. Het geluid bracht iets in haar borst tot rust, waardoor de spanning die zich de hele dag strak om haar heen had gewonden, losliet. Haar schema was meedogenloos geweest, een wervelwind van vergaderingen, interviews en repetities, maar nu, hier, in deze schemerig verlichte hoek van Londen, was het alsof de wereld alleen voor hen was vertraagd.

'Goed dan,' zei George, en legde het menu met een dramatische zucht neer. 'Kies jij dan maar voor mij. Laat me zien wat de lokale bevolking eet.'

'Een dappere zet,' grapte ze. Haar lichtblauwe ogen fonkelden terwijl ze de gelamineerde pagina's scande en met haar vinger op overdreven peinzende wijze tegen haar lippen tikte. 'Oké, jij krijgt de bangers and mash. Klassiek, stevig, en geen risico dat je nog een voedselwoordspeling verprutst.'

'Afgesproken,' zei hij en leunde achterover in zijn stoel. Zijn grote gestalte slaagde er op de een of andere manier in ontspannen te lijken ondanks de krappe ruimte.

Terwijl ze op hun maaltijden wachtten, vloeide het gesprek moeiteloos, als een melodie die zijn ritme vindt. Myst merkte dat ze zich openstelde op manieren die ze zelden deed, zeker niet aan iemand buiten haar inner circle. Ze vertelde hem over haar jeugd in West-Sydney, het kleine studioappartement dat ze met haar moeder deelde nadat haar vader was vertrokken. Hoe muziek haar ontsnapping was geweest, haar redding.

'Op sommige avonden,' zei ze, terwijl ze gedachteloos de rand van haar glas natrok, 'zaten we op de vloer met de radio aan omdat we ons niet veel anders konden veroorloven. Ik sloot dan mijn ogen en deed alsof ik degene was die die liedjes zong, alsof de hele wereld zou luisteren als ik maar luid genoeg zong.'

'Klinkt alsof ze dat eindelijk deden,' zei George zacht, zijn stem had een gewicht dat haar deed opkijken. Zijn ogen, die warme, standvastige blauwe ogen, waren op haar gericht, en even voelde ze zich volledig gezien.

'Ja,' mompelde ze, een vage glimlach trok aan haar lippen. 'Maar soms, zelfs als je alles hebt waar je van droomde, voelt het nog steeds...'

'Eenzaam?' maakte hij haar zin af, wat haar verraste.

'Ja,' gaf ze toe. 'Precies.'

Hij knikte en staarde naar de kaars die tussen hen in flikkerde. Toen, alsof hij aanvoelde dat het tijd was om het over een andere boeg te gooien, begon hij een verhaal over zijn zussen en hoe ze ooit hadden samengespannen om zijn haar neongroen te verven terwijl hij sliep, als wraak omdat hij de laatste Tim Tam had opgegeten. Myst lachte zo hard dat ze bijna haar drankje morste, haar wangen deden pijn van de inspanning.

'Vier zussen,' zei ze en schudde ongelovig haar hoofd. 'Geen wonder dat je zo stoer bent. Ze hebben je goed getraind.'

'Eerder geterroriseerd,' corrigeerde hij, grijnzend. 'Maar ja, ze zijn de besten. En laat me niet eens beginnen over mijn nichtjes en neefjes. Het zijn absolute deugnieten, maar ik zou ze voor niets willen ruilen.'

'Dat klinkt...' Myst aarzelde, op zoek naar het juiste woord. 'Fijn. Gegrond.'

'Chaos is waarschijnlijk een beter woord,' grapte George, maar er lag een onmiskenbare tederheid onder zijn toon.

Hun maaltijden kwamen toen aan, wat de stroom kort onderbrak, maar de warmte bleef hangen. Terwijl ze aten, besefte Myst hoe gemakkelijk het was om bij hem te zijn, om de muren neer te halen die ze jarenlang zorgvuldig had opgetrokken. Hij probeerde geen indruk op haar te maken of haar problemen op te lossen; hij was er gewoon, aanwezig en echt op een manier die zeldzaam en kostbaar voelde.

Na het eten stapten ze de frisse avondlucht in, het verre gemurmel van de Theems leidde hun stappen. De stadslichten glinsterden op het wateroppervlak en wierpen alles in een zachte, gouden gloed. Myst trok haar jas strakker om zich heen, haar adem was zichtbaar in de kou.

'Sta je er ooit bij stil hoe raar dit allemaal is?' vroeg George plotseling, terwijl hij vaag naar de wereld om hen heen gebaarde.

'Definieer "dit",' antwoordde Myst en hield haar hoofd schuin.

'Alles,' zei hij, zijn handen in zijn zakken gestopt. 'Roem. Fans. Mensen die je naam kennen terwijl jij die van hen niet kent.'

'Voortdurend,' gaf ze toe. 'Het is surrealistisch. Maar het is ook... ik weet niet, mooi? Zoals, contact maken met vreemden via muziek, dat is waarom ik dit doe. Zelfs als het betekent dat ik onderweg een beetje privacy moet opgeven.'

'Lijkt me nog steeds veel om mee om te gaan,' zei George.

'Sommige dagen meer dan andere,' stemde ze in, maar voordat ze kon uitweiden, riep een stem achter hen.

'Neem je me niet kwalijk! Ben je... Myst?'

Myst draaide zich om en zag een jonge vrouw die haar telefoon vasthield, haar wangen rood van opwinding. 'Het spijt me je te storen,' vervolgde de fan, 'maar ik ben zo'n grote fan. Mag ik een foto? Alsjeblieft?'

'Natuurlijk,' zei Myst hartelijk en stapte dichterbij. Ze poseerde geduldig terwijl het meisje een selfie nam, vroeg haar naam en bedankte haar voor haar steun. Toen de fan eindelijk wegliep, praktisch zwevend van vreugde, zuchtte Myst zachtjes, maar glimlachte.

'Gebeurt dat vaak?' vroeg George, zijn uitdrukking een mengeling van bewondering en nieuwsgierigheid.

'Vaker dan je zou denken,' antwoordde ze en keek hem aan. 'Maar het hoort bij het werk, weet je? Als iemand dapper genoeg is om naar me toe te komen en het te vragen, is het minste wat ik kan doen ja zeggen.'

'Zelfs als je moe bent?' drong hij zachtjes aan.

'Zeker dan,' zei ze simpelweg.

George reageerde niet onmiddellijk, maar de manier waarop hij naar haar keek, alsof ze iets zeldzaams en lichtgevends was, sprak boekdelen. En terwijl ze verder liepen, zij aan zij, kon Myst het niet helpen, maar voelde ze dat deze connectie die ze aan het opbouwen waren misschien, heel misschien, alle complicaties die ermee gepaard gingen waard was.

Hoofdstuk Vijf

TERUG IN DE SUITE schopte Myst met een zucht van verlichting haar laarzen uit en wiebelde ze met haar tenen over het zachte tapijt. Het geroezemoes van de stad beneden was zachtjes door de ramen te horen, maar de kamer zelf was stil, op Georges zachte gegrinnik na toen hij op de bank plofte. Hij zag er daar veel te comfortabel uit, met zijn lange benen uitgestrekt en zijn arm loom over de rugleuning gedrapeerd, alsof hij geboren was om in hotelsuites te luieren.

'Wen er maar niet aan,' plaagde ze en hield haar hoofd schuin naar hem toe. 'Straks ga ik nog huur vragen.'

'Eerlijk is eerlijk,' antwoordde George met die makkelijke grijns van hem. 'Ik denk dat het de moeite waard is als het uitzicht erbij inbegrepen is.' Zijn blik bleef net iets te lang op haar hangen, waardoor haar maag kriebelde.

Voordat ze kon antwoorden, speels of niet, werd het moment doorbroken door een scherpe klop op de deur. Myst fronste lichtjes, omdat ze al wist wie het zou zijn. En jawel, Jessie kwam binnenwaaien zonder op een uitnodiging te wachten, met haar klembord onder haar arm geklemd en een vastberaden, serieuze blik.

'Sorry dat ik jullie gezellige onderonsje kom verstoren,' begon Jessie droogjes. Ze gebaarde Myst opzij te stappen, weg van George, die nu met een benijdenswaardige nonchalance door de tv-zenders zapte.

'Geef me een seconde,' mompelde Myst tegen George voordat ze Jessie naar de kitchenette volgde en met gekruiste armen tegen het aanrecht leunde. 'Wat is er aan de hand?'

'Dat zou ik aan jou moeten vragen,' zei Jessie op gedempte toon. 'Kijk, ik mag George wel! Hij lijkt een stabiele vent, wat meer is dan ik kan zeggen van de meeste mensen die we in deze wereld tegenkomen. Maar...' Ze pauzeerde en tikte met haar vingers op het klembord. 'Jij bent niet zomaar iemand, Myst. Je weet hoe dit werkt. Als het uitlekt over jullie twee, ligt niet alleen jouw privéleven op straat, maar dat van hem ook. En de fans? Die zijn... onvoorspelbaar. Sommigen zullen het geweldig vinden, anderen niet. En de media?' Ze trok een wenkbrauw op. 'Die maken het met de grond gelijk, puur voor de lol.'

Myst zuchtte en haalde een hand door haar haar. 'Jessie, ik snap het. Maar ik kan niet mijn hele leven blijven leven met de zorg over wat iedereen denkt. Ik mag toch ook wel iets voor mezelf hebben?'

'Natuurlijk mag je dat,' zei Jessie zacht, en haar uitdrukking werd milder. 'Maar gewoon... denk erover na, oké? Bescherm jezelf. Bescherm hem.' Haar lichtblauwe ogen, die zo veel op die van Myst leken, toonden een vonkje bezorgdheid dat het moeilijk maakte om in de verdediging te blijven.

'Oké,' gaf Myst toe, hoewel de woorden bitter smaakten. 'Ik zal erover nadenken.'

Jessie knikte kort, tevreden genoeg, en vertrok met een zacht 'welterusten'. Myst bleef achter en staarde naar de tegeltjes van de achterwand, alsof die de antwoorden hadden op vragen die ze niet eens onder woorden kon brengen.

'Alles in orde?' Georges stem, warm en standvastig als de eerste noten van een favoriet liedje, doorbrak haar gedachten. Hij stond in de deuropening, zijn handen nonchalant in zijn zakken gestoken, maar zijn ogen waren volledig op haar gericht.

'Ja,' zei ze en dwong een glimlach op haar gezicht. 'Gewoon Jessie die Jessie is.'

'Ah,' antwoordde hij wetend en kwam dichterbij. 'Het type van de harde liefde, hè?'

'Zoiets.' Myst stak haar hand op en streek een losse haarlok uit haar ogen. George zag de beweging en zijn blik werd zachter. Zonder een woord te zeggen, overbrugde hij de kleine ruimte tussen hen in en stopte diezelfde lok zachtjes achter haar oor, waarbij zijn vingertoppen haar wang streelden. De aanraking was onmogelijk licht, maar het stuurde een rilling langs haar ruggengraat.

Een moment lang kromp de wereld tot alleen zij tweeën. Myst stak haar hand op en volgde met tere vingers het vage litteken boven zijn wenkbrauw. 'Hoe ben je hieraan gekomen?' vroeg ze zachtjes.

'Rugby, natuurlijk,' bekende hij met een schaapachtige grijns. 'Een paar jaar geleden een flinke klap gekregen tijdens een wedstrijd. Gelukkig was het niet erger.'

'Stoerheid zit diep, hè?' zei ze met een plagend ondertoontje, hoewel haar aanraking langer dan nodig bleef hangen.

'Hangt ervan af,' mompelde George en leunde een heel klein beetje dichterbij. 'Sommige dingen zorgen ervoor dat je juist voorzichtig wilt zijn.'

'Voorzichtig, hè?' herhaalde Myst, haar lippen trokken lichtjes krom. Maar voordat hij kon antwoorden, overbrugde ze de afstand tussen hen, haar kus langzaam en weloverwogen, tegelijkertijd aftastend en proevend. Zijn hand gleed naar haar middel en hield haar vast alsof ze anders zou wegzweven.

Toen ze eindelijk uit elkaar gingen, beiden ademloos, glimlachte Myst, oprecht en onbewaakt. Ze pakte zijn hand, verstrengelde haar vingers met de zijne en liep richting de slaapkamer.

'Kom op,' zei ze simpelweg en keek hem om met een vonkeling in haar ogen. 'Deze keer geen onderbrekingen.'

De zachte gloed van de bedlamp wierp warme tinten door de kamer en creëerde lange schaduwen die met hun bewegingen dansten. Haar polsslag bonsde in haar oren, een bedwelmende mix van spanning en zenuwen kolkte in haar borst toen ze zich naar hem omdraaide.

George keek naar haar, zijn torenhoge gestalte op de een of andere manier zowel imposant als vertederend onzeker. Zijn handen rustten losjes langs zijn zij, maar zijn intense blauwe ogen hielden de hare vast alsof hij zich eraan verankerde. Ze kon zien dat hij haar probeerde te peilen, op zoek naar een onuitgesproken signaal.

'Je staart,' plaagde ze.

'Kun je het me kwalijk nemen?' antwoordde hij, zijn lippen kromden zich tot een scheve glimlach die haar maag deed omdraaien. Hij kwam dichterbij en zijn grote handen vonden haar middel met zo'n zachtheid dat het bijna aarzelend was. 'Je bent... delicaat,' mompelde hij, zijn stem nu zachter, zelfs eerbiedig.

'Delicaat?' Myst trok een wenkbrauw op en hield haar hoofd schuin met gespeelde verontwaardiging. 'Je zegt dat alsof ik zou kunnen breken.'

'Niet breken,' corrigeerde George, terwijl zijn duimen achteloze cirkels tekenden op de stof van haar jurk. 'Maar... ik weet het niet.' Hij ademde langzaam uit en fronste zijn voorhoofd. 'Je voelt fragiel, alsof ik voorzichtig moet zijn, anders zal ik...'

'Stop maar.' Myst onderbrak hem met een lach, haar handen gleden omhoog om op zijn brede borst te rusten. Onder haar vingers voelde ze het gestage ritme van zijn hart. 'Ik ben sterker dan ik eruitzie. Je speelt niet voor arena's vol schreeuwende fans zonder te leren hoe je voor jezelf moet opkomen.'

'Toch,' zei hij en keek op haar neer met die ernstige blik van hem, 'jij bent anders. En ik wil dit niet verpesten door te...'

'Te wat?' onderbrak ze hem opnieuw, nu grijnzend terwijl ze haar armen om zijn nek sloeg. 'Te voorzichtig? Te lief? Te bang?'

'Misschien wel allemaal.' Hij grinnikte, hoewel het een vleugje zelfbewustzijn had. 'Je maakt me zenuwachtig, Myst.'

'Goed zo,' kaatste ze terug, haar grijns werd breder. 'Dat houdt je scherp.'

Voordat hij kon antwoorden, verplaatste Myst haar gewicht en duwde hem zachtjes naar achteren totdat de achterkant van zijn knieën de rand van het bed raakten. Hij ging instinctief zitten, zijn verraste uitdrukking ontlokte een lach aan haar keel. Ze klom op zijn schoot en sloeg haar armen steviger om zijn nek, haar donkere golven gleden over een schouder terwijl ze dichterbij leunde.

'Luister,' zei ze, haar stem zakte tot een laag gemompel, 'als jij bang bent om de leiding te nemen, dan moet ik het maar voor je doen.'

'O ja?' vroeg George, zijn toon plagend maar zijn adem stokte lichtjes toen haar lippen de lijn van zijn kaak streelden.

'Mm-hmm,' neuriede Myst als antwoord en drukte nog een kus net onder zijn oor. Ze voelde hem onder haar verstrakken, zijn handen grepen haar heupen alsof hij niet zeker wist of hij haar dichterbij moest trekken of haar stabiel moest houden.

'Je zit vol verrassingen,' mompelde hij, zijn stem werd met elke seconde heser.

'Dan zul je me maar moeten bijhouden,' fluisterde ze, haar lichtblauwe ogen fonkelden toen ze zijn blik ontmoette. Toen, met opzet langzaam, duwde ze hem helemaal naar achteren op de matras, haar kleine gestalte hield hem vast ondanks het duidelijke verschil in grootte.

'Uitdaging aanvaard,' mompelde George en zijn handen trokken haar eindelijk strak tegen zich aan.

Passie verteerde hen toen ze samen op het kingsizebed tuimelden, de zachte lakens vormden zich naar hun verhitte lichamen. Georges handen zwierven over de rondingen van Mysts lichaam, alsof hij elke centimeter van haar uit zijn hoofd leerde, terwijl zij hem dichterbij trok, verlangend naar zijn aanraking. Hun monden smolten samen, hun kussen hongerig en veeleisend.

George rolde hen om zodat Myst onder hem lag, zijn sterke armen ondersteunden zijn gewicht. Hij keek op haar neer, zijn blauwe ogen verduisterd van verlangen maar ook gevuld met iets zachters, een soort eerbied die haar hart deed fladderen. Hij streek met zijn vingers langs haar wang, stopte opnieuw een haarlok achter haar oor, zijn aanraking teder ondanks het vuur dat in zijn blik brandde.

'Je bent ongelooflijk,' mompelde hij, zijn stem ruw van emotie. 'Ik weet niet wat ik heb gedaan om dit te verdienen, maar ik ga er geen vragen over stellen.'

Myst glimlachte naar hem op, haar eigen ogen weerspiegelden dezelfde mix van passie en genegenheid. 'Je hebt niets gedaan,' fluisterde ze. 'Je bent gewoon jezelf, George. Dat is genoeg.'

Hij boog zich voorover om haar opnieuw te kussen, dit keer langzaam en diep, genietend van het moment. Haar handen verkenden zijn brede rug, voelden het spel van de spieren onder zijn shirt. Ze trok aan de stof, ze wilde zijn huid tegen de hare voelen. Hij gaf daaraan toe, verbrak hun kus net lang genoeg om zijn shirt uit te trekken en opzij te gooien.

Haar adem stokte bij het zien van hem, een en al harde spieren en ruwe randjes. Ze liet haar handen over zijn borst glijden en volgde de lijnen van zijn tatoeages, die elk een verhaal vertelden dat ze wilde leren. Hij rilde onder haar aanraking, zijn ogen verlieten de hare geen moment.

'Jouw beurt,' zei hij zachtjes en reikte naar de zoom van haar jurk. Ze hief haar armen op en liet hem de jurk uittrekken, waardoor ze alleen nog haar bh en slipje aanhad. Zijn blik gleed over haar, nam elk detail in zich op, waardoor ze zich zowel kwetsbaar als gekoesterd voelde.

'Prachtig,' ademde hij, zijn hand omvatte haar wang voordat hij naar beneden gleed naar haar nek, haar sleutelbeen, haar schouder, alsof hij niet kon stoppen haar aan te raken.

Ze kromde zich naar zijn aanraking, haar eigen handen reikten naar zijn riem. Hij hielp haar en ontdeed zich van zijn spijkerbroek totdat ze allebei naakt waren, hun lichamen tegen elkaar gedrukt in een wirwar van ledematen en verhitte huid.

Hun bewegingen werden dringender, hun ademhaling versnelde. Myst voelde zijn hart tegen het hare bonzen, hun ritme was op elkaar afgestemd alsof ze voor dit moment gemaakt waren. Hij kuste haar diep, terwijl zijn hand tussen haar benen gleed, waardoor ze naar adem hapte. George pauzeerde, keek haar in de ogen en zocht om toestemming. Myst knikte, haar adem stokte terwijl ze fluisterde: 'Ga door.'

Hij ging door, zijn aanraking was zowel zacht als stevig en ontlokte een zacht gekreun diep uit haar binnenste. Ze klampte zich aan hem vast en haar nagels boorden zich in zijn schouders terwijl golven van genot door haar heen stroomden. Hij keek naar haar, liet haar geen moment los met zijn blik, en paste zijn ritme aan haar reacties aan. Hij leerde haar lichaam kennen alsof het een lied was dat ze samen schreven.

Myst reikte naar hem, haar hand sloot zich om zijn pik, wat een laag gekreun aan zijn borst ontlokte. Ze verkende hem, haar aanraking werd stoutmoediger met elke streling, elke hijg die ze hem ontlokte.

'Myst,' gromde hij, zijn stem gespannen van zelfbeheersing. 'Ik heb je nodig. Nu.'

Ze leidde hem naar haar toe, haar benen om zijn middel geslagen, terwijl hij langzaam en voorzichtig bij haar naar binnen gleed. Beiden hapten ze naar adem, hun lichamen pasten perfect in elkaar, als twee puzzelstukjes die eindelijk hun plek vonden. Hij begon te bewegen, elke stoot weloverwogen en diep, en bouwde een ritme op waardoor ze zich aan elkaar vastklampten, hun adem vermengde en hun harten als één klopten.

Elke aanraking, elke kus was een bewijs van de connectie die ze deelden. Ze bewogen samen, hun lichamen glibberig van het zweet, hun gekreun vulde de kamer als een symfonie.

Myst voelde haar orgasme opkomen, een golf van genot die in haar kern begon en naar buiten uitstraalde. George voelde het ook, zijn tempo versnelde, zijn stoten werden dringender. Hij reikte tussen hen in, zijn duim vond haar meest gevoelige plekje en cirkelde eroverheen, synchroon met zijn bewegingen.

'George,' hijgde ze, haar stem nauwelijks een fluistering toen de golf zijn hoogtepunt bereikte en over haar heen sloeg. Haar lichaam schokte, haar rug kromde terwijl ze zijn naam uitschreeuwde, haar ogen in de zijne verankerd. Hij volgde haar over het randje, zijn eigen orgasme scheurde door hem heen en liet hem trillend en ademloos achter.

George stortte naast haar neer, zijn borstkas ging op en neer, zijn lichaam klam van het zweet. Myst kroop dichter tegen hem aan, haar ademhaling net zo onregelmatig, een zachte, voldane glimlach speelde om haar lippen. Ze lagen daar een moment, hun lichamen tegen elkaar gedrukt, hun harten synchroon bonzend.

'Wauw,' fluisterde Myst, haar stem nauwelijks hoorbaar. 'Dat was...'

'Ja,' stemde George in, zijn stem schor. Hij draaide zich naar haar toe, zijn blauwe ogen zacht en teder. 'Dat was het zeker.'

Hij strekte zijn hand uit, stopte voorzichtig een verdwaalde haarlok achter haar oor, zijn vingers bleven op haar wang rusten. Myst leunde tegen zijn aanraking, haar ogen fladderden dicht. Toen ze die weer opende, zag ze dat George haar aankeek, zijn uitdrukking serieus.

'Myst,' begon hij, zijn stem aarzelend. 'Ik... ik weet niet hoe ik dit moet doen. Dit alles. Maar ik wil erachter komen. Met jou.'

Myst voelde haar hart zwellen. Ze pakte zijn hand en verstrengelde haar vingers met de zijne. 'Ik ook, George. Ik ook.'

Ze lagen daar, hun lichamen verstrengeld, hun harten klopten als één. De wereld daarbuiten kon wachten. Voor nu waren zij het alleen, verloren in hun eigen geluksbubbel.

'Ik moet douchen,' mompelde ze uiteindelijk en drukte een kus op zijn schouder.

Hij humde bedachtzaam. 'Dat klinkt goed. Zou je het erg vinden als ik met je meeging?'

Ze vond het allesbehalve erg. Ze duwde zichzelf van het bed en stak een hand naar hem uit. 'Waar wacht je nog op?'

Onder de constante waterstraal van de douche hervatten ze hun verkenningstocht. Het water stroomde over hun verstrengelde lichamen terwijl George Myst tegen de koele tegels drukte. Zijn aanrakingen, ooit aarzelend, werden nu stoutmoediger, zelfverzekerder, alsof hij geen genoeg van haar kon krijgen. En zij genoot op haar beurt van de sensaties die hij opriep, de manier waarop zijn sterke handen precies leken te weten waar ze haar moesten aanraken, hoe ze haar genot moesten geven.

'Dat voelt zo goed,' hijgde ze, terwijl ze haar rug kromde en zich steviger tegen hem aandrukte.

'Ik weet het,' ademde hij in haar nek, zijn stem schor van verlangen. 'Ik kan je niet eens vertellen...'

Hun bewegingen werden dringender, hun passie nam toe terwijl het water hen in zijn vloeibare omhelzing omhulde. George streelde haar rondingen, zijn vingers brachten elke centimeter van haar gladde huid in kaart alsof hij haar lichaam uit zijn hoofd leerde. De stoom van het hete water wolkte om hen heen en hulde hen in een privéwereld die ze zelf hadden gecreëerd. Myst kreunde zachtjes en gooide haar hoofd in extase achterover terwijl de lippen van George langs haar nek naar beneden gleden en zijn tong tegen haar racehartslag streek.

'George,' hijgde ze, haar stem bevend van verlangen. 'Ik wil-'

'Ik heb je,' mompelde hij, en eiste haar lippen weer op in een zinderende kus voordat hij zijn weg naar beneden langs haar vochtige lichaam vervolgde, op zijn knieën voor haar ging zitten en haar knieën zachtjes spreidde. Zijn tong en lippen dansten over haar gevoelige huid en lieten een vlammend spoor achter. Myst klampte zich vast aan de koele tegels, haar nagels schraapten over het gladde oppervlak terwijl hij haar tot de rand van extase bracht, zijn hete tong over haar klit ging totdat ze brak.

'O, God, George,' hijgde ze, haar ogen stijf dichtgeknepen terwijl golf na golf van genot over haar heen sloeg. Vaag was ze zich ervan bewust dat hij weer opstond, haar moeiteloos optilde en haar tegen de muur drukte.

Myst sloeg haar benen om George heen, haar armen om zijn nek, terwijl hij haar met een langzame, weloverwogen stoot binnendrong. Hun gekreun vermengde zich en weerkaatste tegen de gladde tegels, terwijl hij in haar begon te bewegen, zijn tempo paste bij het gestage ritme van het water dat over hen heen stroomde.

Ze opende haar ogen en keek in zijn intense blauwe blik, nu verduisterd door verlangen. Zijn handen grepen haar dijen vast en hielden haar stevig vast terwijl hij in haar stootte. Elke beweging stuurde golven van genot door haar lichaam. Ze klampte zich aan hem vast, haar vingers verstrengeld in zijn natte haar, haar adem kwam in onregelmatige happen.

'Myst,' gromde hij, zijn stem laag en primair. 'Je voelt ongelooflijk.'

Ze kon alleen maar instemmend knikken, haar hart bonkte wild in haar borst. Hun verbinding was rauw en intens, een oerdans zo oud als de tijd zelf. Ze voelde zichzelf opbouwen naar een volgend orgasme, haar lichaam spande zich aan terwijl hij dieper en dieper in haar drong.

George moet haar naderende hoogtepunt hebben gevoeld, want hij versnelde zijn tempo, zijn stoten werden dringender.

'George,' hijgde ze, haar stem nauwelijks een zuchtje. 'Ik... ik ga...'

'Kom voor me, Myst,' gebood hij, zijn stem zwaar van verlangen. 'Laat je gaan.'

En dat deed ze. Haar lichaam schokte, haar gil van genot weerkaatste tegen de tegels terwijl ze haar orgasme uitreed, haar nagels groeven in zijn schouders. George volgde haar over de rand, zijn lichaam trilde toen hij zijn eigen ontlading vond, zijn armen werden strakker om haar heen alsof hij haar nooit meer wilde laten gaan.

Ze bleven een lang moment zo, hun lichamen nog steeds verbonden, hun harten klopten in koor. Het water bleef op hen neerdalen, het gestage ritme kalmeerde hun verhitte huid. Myst rustte haar voorhoofd tegen dat van George, haar ogen gesloten terwijl ze probeerde op adem te komen.

Uiteindelijk zette hij haar zachtjes neer, haar benen onvast toen ze weer op haar voeten stond. Ze opende haar ogen en zag dat hij haar aankeek, zijn uitdrukking zacht en teder.

'Dat was...' begon ze, maar de woorden ontbraken haar. Ze besloot met een simpel, 'Wauw.'

George grinnikte, een lage roffel die door zijn borstkas trilde. 'Ja, wauw,' stemde hij in.

Ze stonden daar nog een moment, hun lichamen nog steeds tegen elkaar gedrukt onder de gestage waterstroom, geen van beiden wilde de verbinding verbreken. Uiteindelijk reikte George langs haar heen om de douche uit te draaien, de plotselinge stilte werd alleen gevuld door hun zachte ademhaling en het druppelen van water.

Hij stapte er als eerste uit, pakte een handdoek van het rek en sloeg die om zijn middel voordat hij er een voor haar ophield. Myst stapte erin en liet hem haar omhullen met het zachte katoen. Hij wreef zachtjes over haar armen en droogde haar af met een tederheid die haar hart deed pijnigen.

'Dank je,' fluisterde ze, terwijl ze naar hem opkeek.

George glimlachte zacht en boog zich voorover om een zachte kus op haar lippen te drukken. 'Jij bedankt,' herhaalde hij.

Ze liepen terug de slaapkamer in, de koele lucht een schril contrast met de broeierige warmte van de badkamer. Myst trok een pluchen badjas aan terwijl George zijn boxershort aantrok. Ze keek naar hem terwijl hij door de kamer bewoog, zijn spieren spanden zich onder zijn tatoeages, zijn haar was vochtig en warrig. Hij was ruig en knap, ja, maar hij had ook een geruststellende aanwezigheid, een degelijkheid waar ze zich toe aangetrokken voelde.

George betrapte haar op staren en trok een wenkbrauw op, een speelse grijns trok aan zijn lippen. 'Zie je iets wat je bevalt?' vroeg hij.

Myst lachte, ze voelde haar wangen lichtjes blozen. 'Misschien,' gaf ze toe, terwijl ze op het bed kroop en in kleermakerszit ging zitten.

Hij kwam bij haar, strekte zich op zijn zij uit en ondersteunde zijn hoofd met één arm. Zijn ogen tekenden patronen op haar gezicht, alsof hij elk detail in zijn geheugen probeerde op te slaan. 'Je bent prachtig, Myst,' zei hij zacht. 'Vanbinnen en vanbuiten.'

Ze voelde haar hart fladderen bij zijn woorden, haar wangen kregen een lichte blos van het compliment. 'En jij bent ook niet verkeerd, George Dennis,' antwoordde ze, haar stem nauwelijks meer dan een fluistering. Ze strekte haar hand uit, volgde de lijn van zijn kaak met haar vingertoppen en voelde de ruwe stoppels tegen haar huid.

George pakte haar hand, drukte een kus op haar handpalm voordat hij hun vingers in elkaar verstrengelde. 'Weet je, toen ik je voor het eerst ontmoette, had ik nooit gedacht dat we hier zouden eindigen,' gaf hij toe, terwijl zijn duim afwezig cirkels over haar hand wreef.

'Ik ook niet,' bekende Myst. 'Maar ik ben blij van wel.'

Ze deelden een zachte glimlach, hun ogen in elkaar verankerd, de connectie tussen hen was voelbaar. Het was meer dan alleen fysieke aantrekkingskracht; het was een ontmoeting van zielen, een herkenning van iets diepers en diepgaanders.

'Dus, wat nu?' vroeg George, zijn stem getint met zowel hoop als onzekerheid.

Myst haalde diep adem, haar blik verliet de zijne niet. 'Nu doen we het stap voor stap. We verkennen dit... wat dit ook is tussen ons. En we zien waar het ons brengt.'

George knikte, zijn uitdrukking serieus. 'Dat klinkt goed. Maar... hoe zit het met jouw leven? Je carrière? Ik wil de dingen niet ingewikkeld voor je maken.'

Mysts uitdrukking verzachtte, en ze leunde naar voren en drukte een zachte kus op zijn lippen. 'Jij bent de complicatie waard, George. En wat mijn carrière betreft... ik ben altijd privé geweest over mijn persoonlijke leven. We komen er wel uit. Samen.'

George's gezicht brak open in een brede grijns, zijn ogen kregen rimpeltjes in de hoeken. 'Samen,' herhaalde hij, en trok haar naast zich neer. Myst nestelde zich in zijn omhelzing, haar hoofd rustend op zijn borst, luisterend naar de gestage slag van zijn hart.

Hoofdstuk Zes

MYST SPRONG VAN DE aanlegsteiger op het kasseienpad buiten de Tower of London. Haar zwarte laarzen klikten tegen de stenen terwijl ze zich omdraaide naar George. Ze sloeg haar handen achter haar rug en kneep haar ogen met gespeelde ernst samen toen hij dichterbij kwam.

'Welkom, meneer, in de illustere Tower of London,' verklaarde ze, haar stem melodieus door de theatrale plechtigheid. 'Ik zal vandaag uw gids zijn. Bereid u voor om versteld te staan van mijn encyclopedische kennis van... tja, helemaal niets.'

George grijnsde, zijn handen nonchalant in de zakken van zijn jas gestoken. De stevige winterwind had zijn zandkleurige haar in de war gebracht en een lichte blos kleurde zijn wangen. 'Niets, hè? Klinkt veelbelovend,' plaagde hij en trok een wenkbrauw op. 'Ik hoop dat de toegangsprijs niet te hoog is.'

'O, het is gratis,' antwoordde Myst met een dramatisch armgebaar, terwijl ze hem naar de ingang leidde. 'Maar ik accepteer wel fooien in de vorm van complimentjes. Zoiets als: ''Wauw, je bent zo ontzettend getalenteerd en bescheiden, Myst,'' of: ''Mijn leven is beter als jij er bent.'' Je weet wel, de standaarddingen.'

'Oké,' zei hij grinnikend, terwijl hij haar door de boog-poort volgde. 'Je bent een harde onderhandelaar, maar ik denk dat dat wel moet lukken.'

Binnen doemden de oude stenen muren om hen heen op, vol gefluister uit de geschiedenis en duistere intriges. Myst hield haar hoofd schuin en kneep haar ogen samen terwijl ze naar een van de torens keek. 'Wist je dat deze plek vroeger... eh... een soort megagevangenis was?' gokte ze, met een vaag gebaar. 'Ik weet vrij zeker dat koningen hier al hun vijanden opsloten. Of misschien gewoon mensen die hen irriteerden.'

'Meen je dat?' George sloeg zijn armen over elkaar en genoot duidelijk van haar enorm onjuiste commentaar. 'En dat gebouw daar?' Hij knikte naar een ander bouww-erk.

'Dat?' Myst wuifde het weg. 'O, dat zijn de... eh... draken-stallen. Waar ze hun huisdierdraken hielden, natuurlijk.'

'Natuurlijk.' De diepe lach van George echode tegen de stenen muren, en Myst kon een grijns niet onder-drukken bij het geluid ervan; vol, onbewaakt en volkomen aanstekelijk.

Ze slenterden door de tentoonstellingen tot ze bij de kroonjuwelen kwamen. Myst drukte haar gezicht dichter tegen de glazen vitrine, haar lichtblauwe ogen groot van verbazing. 'Kijk eens hoe dat glinstert! Wie heeft er nou zoveel diamanten nodig?'

'Ik denk dat het jou wel zou staan,' zei George, terwijl hij iets over haar schouder leunde. Zijn stem werd een overdreven toneelfluistering. 'Moet ik vragen of je iets mag lenen? Misschien een tiara voor je volgende optreden?'

'Breng me niet in de verleiding,' mompelde Myst en onderdrukte een glimlach. 'Al zou mijn kroon dan waarschijnlijk wel een microfoonbevestiging moeten hebben.'

'Helemaal jouw stijl,' grapte George. 'En ik? Denk je dat de koninklijke look mij staat?'

'Absoluut. Een scepter zou je ''rugby-royalty''-uitstraling echt compleet maken,' kaatste Myst terug. Ze draaide zich naar hem om, haar ogen fonkelden bijna net zo helder als de onbetaalbare juwelen achter het glas. 'Wie heeft er roem nodig als we deze gewoon kunnen stelen en de rest van onze dagen op de vlucht kunnen leven, in Bonnie en Clyde-stijl?'

'Verleidelijk aanbod,' zei hij met een grijns. 'Maar ik denk dat ik het voorlopig maar bij rugby houd.'

Later zat Myst op een bankje aan de rivier, een papieren bakje fish and chips op haar schoot balancerend, en probeerde ze te voorkomen dat er vetvlekken op haar jas kwamen. George zat naast haar, achteroverleunend met één lang been nonchalant gestrekt, zijn eigen bakje al halfleeg.

'Oké,' begon Myst, terwijl ze een stuk gefrituurde kabeljauw afbrak. 'Leer me wat rugbyjargon. Als ik ga daten met de Australische Speler van het Jaar, moet ik op zijn minst klinken alsof ik weet waar ik het over heb.'

'Lijkt me eerlijk,' zei George en veegde wat kruimels van zijn spijkerbroek. 'Wat wil je weten?'

'Begin met de basis,' zei ze, pakte een frietje en stopte het in haar mond. 'Zoals... wat is een scrum? Dat is toch een ding?'

'Dat is een ding,' bevestigde hij. 'Dat is wanneer de forwards van beide teams samendrommen en elkaar van de bal proberen te duwen. Een soort worstelwedstrijd met meer regels.'

'Klinkt intens,' mijmerde ze. 'Wat nog meer?'

'Oké, hier is een leuke: Wat is een "dummy pass"?' vroeg hij, en leunde naar haar toe met een speelse twinkeling in zijn ogen.

'Eh...' Myst rimpelde haar neus en dacht diep na. 'Is dat wanneer iemand doet alsof hij de bal passt, maar het niet doet?'

'Precies!' riep George uit, en wees met een frietje naar haar alsof het een gouden medaille was. 'Je bent een natuurtalent.'

'Duidelijk,' zei ze met gespeelde bescheidenheid. 'Zie je? Ik ben klaar om het team te versterken.'

'Zeker, we moeten je alleen eerst een beetje opkweken,' plaagde hij, terwijl hij haar een schuinse blik toewierp. 'Ik weet niet zeker hoe je het zou doen in een tackletraining.'

'Hé, onderschat me niet,' kaatste Myst met een grijns terug. 'Ik kan je vertellen dat ik fel ben. En snel.'

'Snel, hè?' Georges uitdrukking verzachtte terwijl hij even pauzeerde en een moment naar de rivier staarde voordat hij weer sprak. 'Weet je, mijn vader zei altijd dat snelheid de belangrijkste vaardigheid in rugby was. Hij nam mij en mijn zussen vroeger mee naar het park en liet ons tegen elkaar racen toen we kinderen waren.'

'Echt waar?' vroeg Myst, haar stem nu zachter.

'Ja,' zie George, zijn toon warm van nostalgie. 'Hij zette ons op een rij, blies op een fluitje dat hij in zijn zak had en dan sprintten we zo hard we konden. Geen prijzen, geen druk, gewoon voor de lol. Ik denk dat ik daar heb geleerd van het spel te houden. Het ging niet om winnen; het ging om het spelen.'

Myst voelde iets in haar borst trekken bij zijn woorden. Ze reikte naar hem en stootte zachtjes tegen zijn elleboog. 'Je familie klinkt geweldig.'

'Dat zijn ze ook,' zei George eenvoudig en draaide zich met een kleine, oprechte glimlach weer naar haar toe. 'Ik heb geluk gehad, denk ik.'

'Of misschien zij wel,' antwoordde Myst zacht en haar blik bleef een seconde langer dan de bedoeling was op hem rusten.

Het licht danste op het kabbelende oppervlak van de Theems en een zacht briesje speelde met de punten van haar golvende haar. George zat naast haar en balanceerde de laatste frietjes gevaarlijk op de rand van het papieren bakje, alsof hij een soort kleine rugby-opstelling maakte.

'Oké,' zei hij en wees met een frietje naar haar. 'Ruck of maul? Snel, wat is het verschil?'

'Ugh, dit heb ik net geleerd,' kreunde Myst dramatisch, en kneep voor effect in de brug van haar neus, hoewel haar lippen in een glimlach krulden. Ze draaide zich naar hem toe en kneep haar lichtblauwe ogen samen alsof ze diep in gedachten was. 'Oké. Een ruck is... als de bal op de grond ligt en spelers elkaar eraf proberen te duwen?'

'Niet slecht,' zei George met een grijns en gooide het frietje in zijn mond. 'En een maul?'

'Eh...' Myst aarzelde en tikte op haar kin. 'Wanneer de bal nog wordt vastgehouden, maar iedereen loopt te duwen alsof ze in een moshpit staan?'

George lachte. 'Bijna goed. Ik zou alleen niet met jou in een moshpit willen staan. Klinkt gevaarlijk.'

'Hé, ik ben klein, maar ik kan mijn mannetje staan,' kaatste ze terug, en gaf hem een speels duwtje tegen zijn arm. Ze voelde zich lichter dan in weken, het gewicht van schema's en verwachtingen op afstand gehouden door de simpele vreugde om hier met hem te zijn.

Haar telefoon trilde op de bank tussen hen in en doorbrak het moment. Instinctief pakte Myst hem op, al bang voor wat het scherm zou laten zien. En ja hoor, Jessies naam staarde haar aan, gevolgd door een reeks emoji's die op urgentie wezen. Ze ontgrendelde hem met een veeg, haar maag kromp ineen toen ze het bericht las.

'Grote mediacampagne voor de singlerelease volgende week. Heb je nodig op het gala vrijdagavond. Onthoud: geen dates. De focus moet op jou liggen.'

'Alles in orde?' vroeg George, zijn toon nonchalant maar doorspekt met nieuwsgierigheid. Hij had gemerkt hoe haar houding verstijfde, hoe haar ontspannen glimlach net iets wankelde.

'Ja,' zie Myst snel, vergrendelde het scherm en liet de telefoon terug in haar tas glijden. 'Het is gewoon Jessie die Jessie is. Niets belangrijks.' Ze probeerde wat luchtigheid in haar stem te leggen, maar zelfs in haar eigen oren klonk het geforceerd.

George bestudeerde haar een moment, zijn scherpe blauwe ogen zochten de hare. 'Zeker weten? Je veranderde van een felle moshpit-strijder in... ik weet niet, iemand die eruitziet alsof ze net de bal heeft laten vallen tijdens een WK-finale.'

'Zo erg, hè?' Myst lachte lichtjes, ontwijkend. Ze wilde dit nu niet ter sprake brengen, niet nu de dag zo perfect was geweest. 'Ik beloof je, het is niets.'

Maar George keek niet overtuigd. Ze zag de vage frons tussen zijn wenkbrauwen verschijnen, wat haar hart deed zinken. Ze haatte het om dingen voor hem achter te houden, maar hoe moest ze de onmogelijke koorddans tussen authenticiteit en imago uitleggen die ze elke dag liep?

'Oké,' zie hij uiteindelijk, zijn stem afgemeten. Maar er was een verschuiving in zijn toon, subtiel maar onmiskenbaar. Minder speels, meer gereserveerd. Het stak op een manier die Myst niet had verwacht, scherper dan welke kritiek of krantenkop dan ook die ze ooit had gekregen.

Ze zaten een seconde te lang in stilte, de eerdere warmte tussen hen rafelde aan de randen. Myst reikte naar beneden om met de riem van haar tas te friemelen, en wenste dat ze een paar minuten kon terugspoelen en de telefoon onberoerd had gelaten.

'Kijk,' begon ze, haar stem nu zachter. 'Het zijn gewoon... werkdingen. Je weet hoe dat gaat. Mensen hebben bepaalde verwachtingen, en soms moet ik het spelletje meespelen. Maar het betekent niets.'

'Is dat zo?' vroeg George zachtjes. Zijn blik was standvastig, maar er zat iets kwetsbaars onder, een flikkering van twijfel die ze niet van hem gewend was. 'Ik snap dat je carrière een groot ding is. En ik zeg niet dat dat niet zo zou moeten zijn. Maar... soms voelt het alsof er altijd iets belangrijkers zal zijn dan wij.'

'Dat is niet waar,' zei Myst snel en schudde haar hoofd. Ze pakte zijn hand, haar kleinere vingers krulden zich om de zijne. 'George, je bent belangrijk voor me. Dit,' ze gebaarde tussen hen in, 'is belangrijk.'

'Is het dat?' drong hij zachtjes aan, hoewel zijn greep om haar hand stevig was. 'Want ik weet niet zeker of jouw wereld dat ook vindt.'

Ze opende haar mond om te antwoorden, maar de woorden kwamen niet. Niet omdat ze niet geloofde wat ze wilde zeggen, maar omdat ze de knagende waarheid in zijn vraag niet kon negeren. Haar wereld, de meedogenloze machine van de roem, liet niet veel ruimte voor iets anders. En hoe erg ze er ook een hekel aan had, ze kon niet doen alsof het niet echt was.

'George...' begon ze, haar stem nauwelijks meer dan een fluistering. Maar voordat ze de juiste woorden kon vinden, liet hij een zucht ontsnappen en kneep kort in haar hand.

'Laat maar,' zei hij en dwong een kleine glimlach die zijn ogen niet helemaal bereikte. 'We hebben een goede dag gehad. Laten we die niet verpesten.'

Myst knikte, hoewel de knoop in haar borst alleen maar strakker werd. Ze zaten daar, naast elkaar, kijkend naar de stromende rivier terwijl de zon lager aan de hemel zakte. De lucht tussen hen was niet bepaald zwaar, maar ook niet meer licht. En voor het eerst die dag voelde Myst het gewicht van de afstand tussen hun werelden op haar schouders drukken.

Het zachte gezoem van de lift was bijna hypnotiserend toen Myst tegen Georges schouder leunde, zijn arm nonchalant om haar heen geslagen. De dag had hen op de best mogelijke manier vermoeid. Ze proefde nog steeds het zout van de fish and chips op haar lippen en hoorde zijn gelach toen ze een rugbyterm verkeerd had gezegd. 'Scrum' klonk voor haar nog steeds als iets uit een piratenroman.

'Je had vast niet gedacht dat je talent als gids zo slecht zou zijn, hè?' plaagde ze, terwijl ze hem een stootje met haar elleboog gaf.

'Slecht? Ze waren abominabel', kaatste George met een grijns terug. 'Ik denk dat die kroonjuwelen nog steeds natrillen van de onzin die je erover uitkraamde.'

'Hé! Ik zei dat ze *waarschijnlijk* vervloekt waren. Dat is een geldige speculatie.'

'Vast en zeker', zei hij lijzig, zijn stem druipend van het sarcasme, hoewel zijn glimlach de steek onder water verzachtte.

De deuren gingen met een 'ping' open en ze stapten de luxueuze gang in die naar haar suite leidde. Myst speelde met de keycard in haar hand en probeerde de sluipende angst te onderdrukken die haar sinds dat telefoontje eerder die dag dreigde te overvallen. Dit was toch hun ontsnapping? Een gestolen dag in Londen waarop ze niet Myst, de internationale popster, was, maar gewoon een vrouw die genoot van de tijd met een man die haar liet lachen tot ze buikpijn had.

'Zullen we wedden dat Jessie op ons zit te wachten?' grapte Myst luchtig, hoewel ze het niet helemaal meende.

'Dat zou me niks van haar verbazen', antwoordde George. Zijn toon was licht, maar er was een flikkering van iets anders in zijn uitdrukking, bezorgdheid, of misschien vermoeidheid. Myst kon het niet meer zeggen.

Zodra de deur openzwaaide, kwam de onmiskenbare gestalte van haar nicht tevoorschijn, die als een gespannen veer over het vloerkleed in de woonkamer ijsbeerde. Jessie's korte pixiekapsel met de kenmerkende blauwe streep ving het gedimde licht op en ze stopte midden in een pas toen ze hen zag.

'Als je het over de duivel hebt', mompelde Myst in zichzelf, terwijl ze een glimlach opzette. 'Jess, je hebt zoals altijd een onberispelijke timing.'

'Begin niet tegen me', beet Jessie haar toe, haar stem kortaf. Haar telefoon was stevig in één hand geklemd en de blik op haar gezicht liet alle alarmbellen in Mysts borst afgaan. 'We moeten praten. Nu.'

'Hallo voor jou ook', zei Myst droogjes, terwijl ze haar jas uittrok en op de bank gooide. Ze wierp een blik op George, die haar een vragende blik gaf, maar ze knikte met haar hoofd naar de slaapkamerdeur, een stil teken voor privacy.

'Geef je me een minuutje?' vroeg ze zacht.

'Ja, natuurlijk.' George aarzelde, stak toen zijn handen in zijn zakken en liep naar de kamerhoge ramen. Hij drong niet aan, maar ze voelde het gewicht van zijn blik op haar rug terwijl ze Jessie de aangrenzende kamer in volgde.

'Oké, wat is de crisis dit keer?' vroeg Myst en sloeg haar armen over elkaar terwijl Jessie de telefoon praktisch in haar gezicht duwde.

'Kijk hiernaar', snauwde Jessie. Het scherm toonde een schreeuwerige kop van CelebNation: *'Popprinses Myst gespot met mysterieuze man — haar stuk ruig?'* Daaronder stond een reeks foto's, duidelijk zonder hun medeweten genomen. Op de ene lachte George midden in een hap fish-and-chips, een andere legde vast hoe Myst op het bankje bij de rivier tegen hem aan leunde. Ze zagen er... gelukkig uit. Wat de kop alleen maar pijnlijker leek te maken.

'Je maakt een grapje?' kreunde Myst, terwijl ze de telefoon van zich af duwde alsof hij haar fysiek brandde. 'Ze laten het klinken alsof hij een... of andere willekeurige scharrel is.'

'Dat is precies mijn punt!' siste Jessie, haar stem dempend maar niet haar intensiteit. 'Dit staat nu al overal. Morgen pikt elke krant het op en verzinnen ze god-weet-wat-voor verhalen over jullie twee. En als je zo te koop blijft lopen...' Ze maakte haar zin niet af, maar gebaarde vaag en dringend. 'Wordt het alleen maar erger.'

'Te koop lopen?' herhaalde Myst, haar stem die zich verhief voordat ze zich weer inhield. Ze kneep in de brug van haar neus en dwong zichzelf kalm te blijven. 'We waren letterlijk aan het lunchen, Jess. Het is niet alsof we een verloving hebben aangekondigd.'

'Dat maakt niet uit.' Jessie's toon verzachtte iets, hoewel haar bezorgdheid vlijmscherp bleef. 'Je weet hoe dit werkt. Jouw 'single'-imago is onderdeel van het merk, Myst. Of we het nu leuk vinden of niet, dit kan op manieren ontploffen die we niet in de hand hebben. Je moet je een tijdje gedeisd houden. Misschien helemaal niet meer met hem in het openbaar gezien worden.'

'Natuurlijk. Gewoon... hem ergens verstoppen, toch?' Mysts woorden dropen van bitterheid, ook al wist ze dat Jessie geen ongelijk had. Het voelde alsof de muren op haar afkwamen en plotseling wilde ze niets liever dan terugspoelen naar eerder die middag, toen alles zo eenvoudig had geleken.

'Maak het alsjeblieft niet moeilijker dan nodig is', drong Jessie aan, terwijl ze een hand op haar arm legde. Haar lichtblauwe ogen, die zo veel op die van Myst leken, stonden vol zorgen. 'Denk er gewoon... over na, oké?'

'Goed', mompelde Myst, hoewel het allesbehalve goed voelde. Ze dwong zichzelf te knikken, zelfs toen haar hart zonk onder het gewicht van wat ze hierna zou moeten zeggen.

Het avondeten in de suite was aanvankelijk stil. Het getik van bestek vulde de ruimte terwijl Myst haar eten over haar bord schoof. George zat tegenover haar, zijn brede schouders licht gebogen alsof hij de storm voelde die tussen hen opstak. De spanning was subtiel maar voelbaar, als de lichte druk in de lucht voor een wolkbreuk.

'Oké', zei hij uiteindelijk en legde zijn vork neer. 'Voor de draad ermee. Wat is er aan de hand?'

Myst keek abrupt op, verrast door zijn directheid, hoewel ze het had moeten verwachten. George was niet iemand die om de hete brij heen draaide, een van de dingen die ze leuk aan hem vond, ook al maakte het momenten als deze moeilijker.

'Jessie heeft online wat foto's van ons gezien', begon ze voorzichtig, elk woord voelde alsof het het breekbare evenwicht van hun vrede kon verstoren. 'Ze maakt zich zorgen over hoe het... alles zal beïnvloeden.'

'Alles?' herhaalde George, zijn accent dat om het woord krulde. Er klonk geen woede in zijn stem, maar de gekwetstheid was er, verweven in zijn doorgaans vaste toon.

'Ze vindt dat we een tijdje moeten vermijden dat we samen worden gezien', gaf Myst toe, haar stem nu amper een fluistering. 'In ieder geval totdat de aandacht is gaan liggen.'

'Juist.' Hij leunde achterover in zijn stoel en sloeg zijn armen over zijn borst. Zijn kaak spande zich aan en even zei hij niets. Toen hij eindelijk sprak, waren zijn woorden afgemeten, voorzichtig. 'Dus, wat? We doen gewoon alsof dit', hij gebaarde tussen hen in, 'niet gebeurt zodra we buiten deze muren zijn?'

'George, zo is het niet...'

'Niet? Hij slaakte een korte zucht en schudde zijn hoofd. 'Kijk, ik snap het. Jouw wereld is ingewikkeld. Maar het is moeilijk om niet het gevoel te hebben dat... dat ik misschien gewoon iets ben wat je uit het zicht probeert te houden.'

'Dat is niet waar', hield ze vol, naar voren leunend, haar handen die de rand van de tafel vastgrepen.

'Misschien jij niet', gaf hij zachtjes toe. 'Maar deze hele... machine om je heen. Ik heb het gevoel dat die me zal vermalen in het raderwerk.'

Daar had ze geen antwoord op.

De balkondeur schoof met een zacht schurend geluid open en liet de frisse Londense nachtlucht binnen. Myst stapte als eerste naar buiten, op blote voeten en gehuld in een oversized vest dat haar tengere gestalte verzwolg. George volgde stilletjes, zijn brede schouders die de deuropening bijna vulden terwijl hij licht bukte om naar buiten te stappen. Hij droeg twee mokken thee, waar stoom van opkrulde in de kille duisternis.

'Ik dacht dat dit misschien zou helpen', zei hij, terwijl hij haar er een aanreikte.

'Dank je.' Haar vingers krulden zich om het warme keramiek, dankbaar voor het excuus om iets stevigs vast te houden. De spanning van het avondeten hing nog steeds als een ongewenste gast tussen hen in; geen van beiden wist hoe ze die de deur moesten wijzen.

Ze gingen op het bankje met kussens zitten, dat tegen de reling was geschoven, hun knieën raakten elkaar terwijl ze zich schikten. Onder hen glinsterde de Theems onder de stadslichten, het oppervlak onrustig en levend. Even sprak geen van beiden. Het was makkelijker om te focussen op de wereld daarbuiten, op het gezoem van het verkeer in de verte, de gloed van passerende boten, dan op de breekbare stilte die tussen hen groeide.

'Londen is mooi 's nachts', zei George uiteindelijk. 'Het doet je alle chaos even vergeten.'

'Ja', mompelde Myst, terwijl ze met haar duim langs de rand van haar mok streek. 'Was het maar zo makkelijk om al het andere te vergeten.'

Zijn blik verschoof naar haar en onderzocht haar profiel terwijl ze naar het water staarde. Haar lange haar viel over haar schouder en ving vage zilveren highlights op van de maan boven hen. Ze zag er buitenaards uit, alsof ze bij de sterren hoorde in plaats van naast hem op een geleende balkonstoel te zitten. En toch, hier was ze. Met hem.

'Mag ik iets zeggen?' Zijn toon was voorzichtig, bijna te voorzichtig.

'Natuurlijk', zei ze en draaide zich naar hem toe. De oprechtheid in haar lichtblauwe ogen deed zijn borstkas samentrekken, hoewel hij niet zeker wist of dat van gerust-stelling of angst was.

Hij leunde voorover, zijn ellebogen op zijn knieën, de thee vergeten in zijn handen. 'Ik probeer het, Myst. Echt waar. Maar...' Hij aarzelde, zijn kaak werkte terwijl hij naar de juiste woorden zocht. 'Jouw wereld is gewoon zo... luid. Camera's, krantenkoppen, mensen die constant toekijken. Het is anders dan alles waar ik ooit mee te maken heb gehad. En soms vraag ik me af of ik er wel voor in de wieg gelegd ben.'

'George...' Haar stem werd zachter, maar hij schudde zachtjes zijn hoofd, omdat hij zijn verhaal af moest maken.

'Ik bedoel niet dat ik weg wil lopen of zo', verduidelijkte hij snel, zijn accent dat dikker werd door zijn urgentie. 'Het is alleen, ik heb mijn hele leven op rugbyvelden doorgebracht, waar de dingen simpel zijn. Je traint hard, je speelt hard, en wat telt, is wat je op het veld laat zien. Al die andere dingen... ik heb het gevoel dat ik elke dag maar wat aan het stuntelen ben en ik haat het.'

'Stuntelen?' Een kleine glimlach speelde om haar lippen ondanks het gewicht van zijn bekentenis. 'Dat klinkt niet als de George Dennis die ik ken. Je bent praktisch rugby-adel thuis, weet je nog?'

'Ja, nou', zei hij droog, 'het blijkt dat kerels die twee keer zo groot zijn als ik kunnen tackelen niet veel helpt als het gaat om het ontwijken van paparazzi.'

Ze lachte zachtjes, het geluid dat de spanning net genoeg verlichtte om haar dichterbij te laten leunen, dichtbij genoeg dat haar knie steviger tegen de zijne drukte. 'Je doet het beter dan je denkt', zei ze, haar stem nu zacht. 'Geloof me, deze wereld is voor niemand makkelijk. De helft van de tijd weet ik ook niet of ik het wel goed aanpak.'

'Dat zou je niet zeggen.' Hij wierp haar een steelse blik toe, zijn lippen die zich in een aarzelende glimlach trokken. 'Jij laat het er moeiteloos uitzien.'

'Moeiteloos?' Ze snoof en schudde haar hoofd. 'George, ik ben de meeste dagen doodsbang dat ik alles ga verpesten. Mijn carrière, mijn relaties... jou. Vooral jou.'

'Mij?' Zijn wenkbrauwen fronsten, oprecht verrast.

'Ja, jou', zei ze en keek hem recht aan. Er was nu geen verstoppertje meer achter humor. 'Je hebt geen idee hoe bang ik ben dat dit allemaal', ze gebaarde vaag naar de skyline, de onzichtbare druk die boven hen hing, 'je weg zal duwen.

Dat ik je zal verliezen door... door wie ik daarbuiten moet zijn.'

'Hé.' Hij zette zijn mok op de grond voordat hij haar hand pakte. Zijn vingers sloten zich om de hare, warm en aardend. 'Je raakt me niet kwijt, oké? Ik ben koppig, weet je nog? Er is meer nodig dan een paar roddelkoppen om mij weg te jagen.'

'Zelfs als ze je mijn 'stuk ruig' noemen?' plaagde ze licht, hoewel haar stem beefde.

'Vooral dat.' Zijn grijns brak toen door, scheef en vertederend. 'Ik ben niet bepaald gepolijst, of wel?'

'Niet eens een beetje.' Ze lachte weer, het geluid zachter deze keer, maar echt.

Een tijdje zaten ze zo, hun handen verstrengeld, de rivier beneden die hun stilte als een melodie met zich meedroeg. Het was niet perfect, absoluut niet, maar het was genoeg. Genoeg om hen eraan te herinneren waarom ze hier waren, ondanks alles wat aan hen trok.

'Dag voor dag?' vroeg ze zachtjes, haar duim die over zijn knokkels streek.

'Dag voor dag', stemde hij in en kneep in haar hand. Toch, toen ze zich weer naar het uitzicht wendden, voelden beiden het gewicht dat op de achtergrond bleef hangen, het besef dat liefde, hoe sterk ook, de uitdagingen die voor hen lagen niet zou uitwissen. Maar vanavond hadden ze gekozen om het te proberen. En voor nu was dat genoeg.

Hoofdstuk Zeven

Het vliegtuig landde soepel op de landingsbaan van Charles de Gaulle en George had nauwelijks tijd om de torenhoge glazen ramen van de luchthaven in zich op te nemen voordat Myst werd weggevoerd. Een zwerm mensen wachtte haar net voorbij de douane op, hun stemmen overlapten elkaar in een chaotische symfonie: haar manager blafte updates over interviews, een stylist zwaaide met een kledingzak alsof die de antwoorden op het leven zelf bevatte, en Jessie dreunde met haar altijd aanwezige klembord tijden op alsof ze een militaire operatie leidde. George stond iets achter Myst, zijn plunjezak over één schouder, en voelde zich meer een bijzaak dan een vriendje.

'George,' zei Myst, en ze draaide zich naar hem om met een verontschuldigende glimlach. Haar lichtblauwe ogen werden zacht, zelfs terwijl haar handen de rand van het schema vastklemden dat Jessie zojuist in haar handen had geduwd. 'Het spijt me zo, liefje. Ze zijn... intens.'

'Maak je over mij geen zorgen,' zei hij, en hij forceerde een grijns. 'Ik red me wel. Ga maar schitteren.'

'Beloof je dat je op verkenning gaat? Parijs is magisch als je het toelaat.' Ze kneep kort in zijn hand voordat ze werd meegetrokken in de stroom van haar team en verdween als een glinsterend stipje in het zonlicht.

George zuchtte en trok de riem van zijn tas recht. Hij had gemeend wat hij zei, hij zou zich wel redden, maar hier alleen staan in een van de meest romantische steden ter wereld terwijl Myst werd meegesleurd in haar wervelwind van roem, gaf hem een vreemd, ontheemd gevoel. Toch was hij niet van plan de kans om Parijs te zien te verspillen.

Halverwege de middag had George meer bezienswaardigheden afgevinkt dan hij voor één dag mogelijk had gehouden. De Eiffeltoren stond vorstelijk en onverstoorbaar tegen de grijze winterlucht, maar terwijl George naar het ingewikkelde ijzeren vlechtwerk staarde, voelde hij zich... klein. Zonder Myst aan zijn zijde kwam de befaamde romantiek van de stad niet uit de verf.

Vervolgens wandelde hij langs de Seine en maakte foto's waarvan hij niet zeker wist of hij ze ooit nog zou bekijken. Stelletjes liepen arm in arm voorbij en lachten alsof ze rechtstreeks uit een ansichtkaart waren gestapt. George stak zijn handen in zijn jaszakken en voelde zich een buitenstaander die door een bevroren raam naar binnen gluurde.

'Oké dan,' mompelde hij in zichzelf. 'Parijs, magie, dat alles.'

De volgende dag arriveerde George vroeg bij Le Zénith Paris en stapte de immense zaal binnen met zijn hoge plafonds en rijen en rijen lege stoelen. Myst's stem, warm en elektrisch, galmde door de ruimte terwijl ze op het podium repeteerde. George leunde met zijn armen over elkaar tegen de geluidscabine en keek naar haar.

Ze was ongelooflijk. Er was geen beter woord voor. Myst beheerste het podium alsof het een verlengstuk van haarzelf was, haar stem zweefde moeiteloos boven de zachte akkoorden van haar band. Zelfs zonder publiek straalde ze, haar energie was voelbaar vanaf waar George stond. Hij voelde een golf van trots, en misschien iets diepers, opkomen terwijl hij haar van het ene nummer naar het andere zag overgaan.

'Nog een keer, Myst,' riep haar manager vanaf de eerste rij, dwars door het applaus van de band heen. 'Je sleept met het tempo in de brug. Het moet strakker.'

'Haar frasering is ook niet goed,' bemoeide iemand die George niet herkende zich ermee, een pezige man met een klembord die eruitzag alsof hij al jaren niet had geslapen. 'Myst, kun je proberen meer energie in 'Wildfire' te leggen? Het klinkt vlak.'

'Vlak?' herhaalde Myst, haar stem doordrenkt van vermoeidheid, hoewel ze het goed verborg. 'Oké, zeker. Ik probeer het nog een keer.'

George fronste, zijn bewondering streed met bezorgdheid. Hij wist dat Myst gewend was aan dit niveau van kritiek, maar zelfs hij kon horen hoe scherp en levendig haar optreden al was. Toch knikte ze zonder klagen, draaide de microfoon in haar hand en dook terug in het nummer alsof niets haar deerde.

'Excusez-moi?' klonk een stem rechts van George. Hij draaide zich om en zag de locatiemanager, een gedrongen, kalende man met een klembord onder zijn arm, die hem sceptisch bestudeerde.

'Je ne parle pas français,' zei George verontschuldigend, zo'n beetje de enige Franse woorden die hij kende, maar de man wuifde het weg en schakelde soepel over op Engels.

'Geen probleem. Er komen later wat vips binnen; zorg ervoor dat de beveiliging bij de kleedkamers goed is.'

'Beveiliging?' George knipperde met zijn ogen, was een halve seconde in de war voordat het besef doordrong. 'Oh, nee, ik ben niet...'

'Bedankt,' onderbrak de man hem en klopte George op de schouder voordat hij wegliep.

'Briljant,' mompelde George, terwijl hij over zijn nek wreef. 'Nu denken ze dat ik haar bodyguard ben!' Hij keek naar het podium, waar Myst zich door nog een ronde van kritiek heen worstelde, haar vastberadenheid onwrikbaar ondanks de spanning die in haar houding te zien was.

Voor het eerst sinds ze in Parijs waren geland, vroeg George zich af of hij echt begreep wat het betekende om deel uit te maken van haar wereld. Magisch, had Myst Parijs genoemd. Maar op dit moment voelde het gewoon in-gewikkeld.

De Seine glinsterde onder de gouden gloed van straatlantaarns, het kabbelende oppervlak weerkaatste de lichten van Parijs in een steeds veranderende dans. George liep naast Myst, hun stappen vielen in een gemakkelijk ritme op het geplaveide pad. De lucht was helder maar niet bijtend en haar hand voelde klein maar warm in de zijne terwijl ze lichtjes tegen zijn arm leunde.

'Zie je wel? Magie,' zei ze zacht, terwijl ze naar hem opkeek met een glimlach die de hoekjes van haar lichtblauwe ogen omkrulde. Haar donkere haar viel over haar schouders en ving het licht op als zijde terwijl ze onder een andere lantaarn door liepen.

'Oké, deze geef ik je,' antwoordde George. 'Het heeft iets meer charme dan de Brisbane River.'

'Iets meer?' Myst hapte naar adem in gespeelde verontwaardiging, stopte midden in een stap en trok hem naar zich toe. 'George Dennis, vergelijk je *dit*,' ze gebaarde dramatisch naar de rivier, de skyline, het verre silhouet van de Notre-Dame, 'met... wat? Modderig water en mangroven thuis?'

'Hé, kraak de mangroven niet af,' weerlegde hij met een grijns. 'Er is genoeg romantiek te vinden in het ontwijken van muggen en het kijken naar rondscharrelende modderkrabben.'

Ze lachte, een geluid als windgongen in een zuchtje wind, en het deed iets diep in zijn borst op een goede manier pijn. Hij wilde die lach dichtbij houden, op de een of andere manier in een flesje stoppen voor de momenten waarop haar wereld te ver van de zijne voelde.

'Goed dan,' gaf ze toe, en ze trok aan zijn arm om hun wandeling voort te zetten. 'Maar Parijs wint nog steeds.'

'Ja, ja,' mompelde hij, hoewel hij het niet kon tegenspreken. Niet met haar hier, in die zachte zwarte jas die iets uitliep bij haar taille, de randen die af en toe tegen zijn been streken. Niet met de manier waarop Parijs zich om haar heen leek te buigen, alsof zelfs de stad wist hoe buitengewoon ze was.

Ze vonden een klein café, weggestopt in een rustige zijstraat, de ingang omlijst door flikkerende lichtjes. Binnen was het gezellig en intiem, de muren bekleed met planken vol stoffige boeken en oude platen. Een ober begroette hen met een veelbetekenende glimlach – één blik op Myst en hij had haar duidelijk herkend – maar gelukkig zei hij niets. Of het nu professionaliteit of Parijse onverschilligheid was, het kon George niet schelen; hij was gewoon opgelucht dat ze niet werden belaagd door camera's of fans.

'Deux cafés et... oh!' Myst pauzeerde, bekeek de menukaart met een gefronste wenkbrauw voordat ze iets aanwees. 'Crème brûlée. Geloof me, je zult het heerlijk vinden.'

'Heb ik een keus?' plaagde George, terwijl hij op de stoel tegenover haar ging zitten.

'Niet echt.' Ze glimlachte ondeugend, vouwde haar armen op tafel en leunde naar voren. Het kaarslicht tussen hen wierp schaduwen die de vermoeide lijntjes verzachtten die hij eerder op de dag had opgemerkt. 'Ik maak er mijn missie van om je horizon te verbreden.'

'Ambitieus,' zei hij en trok een wenkbrauw op. 'Wat is het volgende? Mij leren zingen?'

Haar ogen schitterden van kattenkwaad. 'Oh, absoluut. Kun je het je voorstellen? Mijn volgende album met George Dennis als achtergrondzanger.'

'Ja, geen schijn van kans.' Hij grinnikte en schudde zijn hoofd. 'Ik zou de zaal sneller leegkrijgen dan een brandalarm.'

'Doe jezelf niet tekort! Je hebt die ruige sportman-uitstraling, het zou kunnen werken. Zoiets als... rugby-rockballads.' Ze deed alsof ze op een onzichtbare gitaar speelde, haar speelsheid was aanstekelijk.

'Juist. En hoe zouden we dit baanbrekende genre noemen?'

'Ruck-and-roll, *uiteraard*.' Ze grijnsde zo breed dat hij het niet kon laten om hardop te lachen, het geluid weerkaatste tegen het lage plafond van het café. Even viel al het andere weg, de chaos van haar schema, het gewicht van zijn eigen onzekerheden, en waren het alleen zij tweeën, twee Australiërs die een grap deelden aan de andere kant van de wereld.

Maar toen zoemde haar telefoon, die de bubbel doorprikte. Myst's glimlach wankelde toen ze hem uit haar zak haalde en naar het scherm keek. Zelfs in het gedimde licht kon George de spanning in haar schouders zien kruipen terwijl haar duim boven het scherm zweefde. Drie gemiste oproepen. Vijf ongelezen berichten. Haar kaaklijn spande zich aan.

'Negeer het,' zei hij zacht, en hij reikte over de tafel om zijn hand op de hare te leggen. 'Dit is onze avond.'

Ze aarzelde, knikte toen en legde de telefoon met het scherm naar beneden op tafel. Maar de schaduw verliet haar gezicht niet, en George haatte het dat hij niet meer kon doen om die weg te nemen.

'Sorry,' mompelde ze na een stilte, haar stem nu zachter. 'Ik weet dat de dingen... overweldigend zijn geweest.'

'Hé,' zei hij ferm, en hij kneep zachtjes in haar hand. 'Ik begrijp het. Echt waar. Je doet wat je graag doet, en ik zou dat niet in de weg willen staan.'

Haar ogen zochten de zijne, alsof ze probeerde te peilen of hij het meende. Dat deed hij, maar een deel van hem vroeg zich af of ze de barstjes kon zien die zich onder de oppervlakte vormden; of ze kon voelen hoe misplaatst hij zich soms voelde in haar schitterende, snelle wereld.

'Dank je,' fluisterde ze, haar lippen krulden in een vage, dankbare glimlach. Toen, alsof ze vastbesloten was de sfeer te verlichten, voegde ze eraan toe: 'Maar ik ben serieus over dat rugby-rock-gedoe. We beginnen volgende week met de repetities.'

'Geen sprake van,' kaatste hij terug, maar zijn glimlach verraadde hem.

De volgende ochtend stroomde het zonlicht door de hotelgordijnen, verwarmde Georges gezicht en maakte hem zachtjes wakker. Hij knipperde slaperig met zijn ogen en reikte naar zijn telefoon op het nachtkastje. Wat hem begroette was niet de weerapp of zijn gebruikelijke sport-nieuwsoverzicht, maar een kop die overal op social media stond: *'Myst zorgt voor romantische geruchten met Antoine Delacourt: Is dit het heetste nieuwe koppel van Parijs?'*

Daaronder stonden foto's van Myst en een of andere ker-el, lang, slank, klassiek knap, met een strak pak en een scherpere grijns. Ze zaten op wat leek op een bank in een talkshow en leunden lachend naar elkaar toe. Een andere foto toonde hem terwijl hij haar hand vasthield toen ze van het podium stapte; Myst toonde die stralende glimlach waarvan George op de een of andere manier was gaan geloven dat die alleen voor hem was.

'Verdomme,' mompelde George en ging rechterop zitten. Zijn maag draaide zich ongemakkelijk om, hoewel hij zichzelf probeerde te vertellen dat het belachelijk was. Het was gewoon de roddelpers die deed wat ze altijd deed: verhalen uit hun duim zuigen. Toch bleven de beelden in zijn hoofd hangen en prikten in de onzekerheden waarvan hij dacht dat hij ze begraven had.

'Morgen,' klonk Myst's stem vanuit de deuropening. Ze was al aangekleed, haar haar in een losse vlecht. 'Je bent vroeg op.'

'Ja,' zei hij, schraapte zijn keel en legde de telefoon met het scherm naar beneden. 'Niet veel geslapen.'

'Is er iets mis?' vroeg ze en kwam met een bezorgde frons de kamer in.

'Eh...' Hij aarzelde, zuchtte toen, pakte de telefoon weer en draaide hem naar haar toe. 'Dit.'

Haar gezichtsuitdrukking werd donkerder toen ze het artikel las. 'Oh, hou toch op...!' Ze onderbrak zichzelf en ademde scherp uit door haar neus. 'Dat is onzin. Antoine was gewoon beleefd. Hij hielp me van het podium en plotseling zijn we zielsverwanten?'

'Ik zei niet dat ik het geloofde,' mompelde George, die zich dwaas begon te voelen en wenste dat hij haar niet op het artikel had gewezen.

'Goed.' Ze boog zich voorover om hem een stevige kus te geven, en een van die glimlachen, voordat ze zich weer naar de deur omdraaide. 'Ik heb de koffie aangezet.'

George leunde op de rand van de balkonleuning en staarde naar de skyline van Parijs. De stad strekte zich voor hem uit in een waas van bleek ochtendlicht en zachte grijze schaduwen, haar schoonheid onmiskenbaar maar vreemd afstandelijk. Hij draaide het koffiekopje in zijn handen, het keramiek was warm tegen zijn handpalmen, hoewel de drank al lang koud was geworden. Achter hem bewoog Myst zich door de suite, achteloos neuriënd terwijl ze haar tas inpakte voor haar drukke dagprogramma.

'Hé,' zei hij ten slotte, zonder zich om te draaien. Zijn stem klonk ruwer dan hij bedoelde, als grind dat over asfalt schraapt.

'Mm?' antwoordde Myst afgeleid.

'Heb je ooit...' Hij hield stil en fronste naar de daken onder hen. 'Ik weet niet... heb je ooit het gevoel dat je ergens niet thuishoort?'

Dat trok haar aandacht. Haar voetstappen werden zachter terwijl ze de kamer doorkruiste en achter hem kwam staan. Hij voelde de zachte druk van haar hand op zijn rug, tussen zijn schouderbladen. Een kleine aanraking, net genoeg om hem te aarden.

'Waar komt dat vandaan?' vroeg ze, haar toon nu voorzichtig, vol nieuwsgierigheid en bezorgdheid.

Hij ademde langzaam uit en zette het kopje op de reling. 'Jouw wereld, Myst. Dit hele gedoe.' Hij maakte een vaag gebaar naar de stad, alsof die elk podium, elke flitsende camera, elk wervelend schema vertegenwoordigde waarin hij was meegesleurd sinds hun aankomst. 'Ik bedoel, potverdorie, kijk nou naar me. Ik ben gewoon een vent die rugby speelt. Wat doe ik hier?'

'George...' Ze ging naast hem staan en haar lichtblauwe ogen zochten zijn gezicht af. 'Je bent niet 'gewoon een vent'.'

'Zo voelt het wel,' mompelde hij. Hij wreef in zijn nek, de herinnering aan de roddelkop knaagde nog steeds aan hem. 'Ik weet wat je zei over Antoine en zo, dat het gewoon roddelpers-onzin is, maar... het is meer dan dat. Jouw leven, je carrière... het is groots. Het is glamoureus. En ik ben... dat niet.'

Myst hield haar hoofd schuin en bestudeerde hem, haar uitdrukking een mengeling van frustratie en tederheid. 'Denk je dat ik alles op een rijtje heb? Dat ik elke dag wakker word met het gevoel dat ik thuishoor in deze zogenaamde glamoureuze wereld?' Ze lachte zachtjes, maar er zat geen humor in. 'De helft van de tijd doe ik maar alsof om het bij te kunnen benen.'

'Zo ziet het er niet uit vanuit mijn oogpunt,' zei George, en tegen wil en dank trok een mondhoek van hem omhoog. 'Je bent net een verdomde rockster-superheld daarbuiten.'

'O ja?' zei ze, terwijl ze een wenkbrauw optrok. 'En jij bent Captain Australia, die zijn team het veld op leidt als een soort gladiator. Denk je dat *dat mij* niet intimideert?'

'Jou intimideren?' Hij knipperde met zijn ogen, overrompeld.

'Natuurlijk!' zei ze, terwijl ze haar handen in de lucht gooide. 'Jij hebt die hele andere wereld die ik nooit volledig zal begrijpen. Rugby is meer dan alleen een sport voor je; het is... het is een deel van wie je bent. En ik zie hoeveel druk er op je staat, hoe iedereen van je verwacht dat je altijd perfect bent. Denk je echt dat ik beter in die wereld pas dan jij denkt dat je in de mijne past?'

George fronste; haar woorden drongen dieper door dan hij wilde toegeven. 'Daar heb ik nooit zo over nagedacht, denk ik.'

'Nou, misschien moet je dat eens doen,' zei Myst zachtjes en ze legde een hand op zijn arm.

'Misschien,' mompelde hij.

Ze stonden een moment in stilte, het gewicht van onuitgesproken twijfels hing zwaar in de lucht tussen hen. George hoorde het vage gezoem van het verkeer beneden, de verre schrille toon van een sirene. Voor een keer leek zelfs Myst niet de juiste woorden te hebben om de stilte te vullen.

'Hoe dan ook,' zei ze uiteindelijk, haar stem nu zachter, bijna breekbaar. 'Ik moet naar de soundcheck. We kunnen later verder praten, oké?'

'Ja,' zei hij, hoewel hij niet zeker wist wat er nog meer te zeggen viel.

Later die avond stond George achter in Le Zénith, verscholen in de schaduw, terwijl de menigte om hem heen pulseerde en brulde. De podiumlichten brandden fel en sneden door de donkere nevel van de arena, en daar was ze, zijn Myst. Een rotje verpakt in glitter en fluweel, die het podium beheerste alsof ze ervoor geboren was.

Haar stem steeg op, rauw en elektrisch, en wikkelde zich om elke noot. Het publiek kon geen genoeg van haar krijgen; ze juichten en zongen mee alsof hun leven ervan afhing. George keek toe, niet in staat zijn ogen af te wenden, met een zwellende trots in zijn borst ondanks de pijn die zich daar eerder had genesteld.

'Elle est incroyable!' schreeuwde iemand in de buurt over de muziek heen en gaf George een klap op zijn rug. Hij knikte stijfjes en bracht een beleefde glimlach op voordat hij zijn aandacht weer op het podium richtte. Ja, ze was ongelooflijk. Maar haar zo te zien, van een afstand, omringd door duizenden vreemden, gaf hem alleen maar het gevoel verder verwijderd te zijn, alsof hij naar iets staarde waar hij nooit echt deel van zou kunnen uitmaken.

Toen het laatste nummer eindigde, barstte de menigte uit in een oorverdovend applaus, en Myst schonk hen nog een laatste verblindende glimlach voordat ze backstage glipte. George bleef in de coulissen hangen en wachtte terwijl fotografen en fans het gebied overspoelden, allemaal schreeuwend om haar aandacht. Ze ging er met geoefend gemak mee om, lachend en poserend alsof het een tweede natuur was.

'George!' Haar stem sneed door het lawaai, en ze verscheen plotseling aan zijn zijde, haar gezicht stralend van opwinding, een dun laagje zweet glinsterde op haar voorhoofd. 'Was dat niet geweldig?'

'Ja,' zei hij, terwijl hij een glimlach forceerde en haar in een korte knuffel trok. 'Je was briljant daarbuiten.'

'Dank je,' zei ze, terwijl ze zich terugtrok om naar hem te stralen. Maar toen veranderde haar uitdrukking, haar wenkbrauwen fronsten zich terwijl ze zijn gezicht bestudeerde. 'Hé... alles goed? Je lijkt... stil.'

'Gewoon moe,' loog hij en schudde zijn hoofd. 'Lange dag, je weet wel.'

'Juist,' zei ze langzaam, hoewel hij kon zien dat ze hem niet helemaal geloofde.

'Kom,' voegde ze na een pauze toe, terwijl ze zachtjes aan zijn hand trok. 'Laten we hier weggaan. Ik moet even ademhalen.'

'Natuurlijk,' zei hij, en hij volgde haar met tegenzin, hoewel hij zich niet kon onttrekken aan de vraag: hoe dichtbij ze ook waren, zou hij zich altijd zo ver weg voelen?

De bas van het feest dreunde door Georges borstkas toen ze de glinsterende balzaal binnenstapten, waar de kristallen kroonluchters licht wierpen op strakke zwarte pakken en glinsterende avondjurken. Hij fatsoeneerde de kraag van zijn jasje, een leenexemplaar dat de stylist van Myst hem had toegeworpen met een snelle, 'Dit is wel goed,' en probeerde zich geen uit de kluiten gewassen kangoeroe in een pinguïnpak te voelen.

'Blijf maar dichtbij,' mompelde Myst zachtjes, haar hand gleed even in de zijne voordat ze werd weggegrist door een van haar teamleden. George bleef een tel als aan de grond genageld staan, kijkend hoe ze met moeiteloze gratie door de menigte navigeerde; lachend, handen schuddend, samenzweerderig vooroverbuigend naar mensen die allemaal veel te snel leken te praten.

'Ah, Monsieur Delacourt!' riep iemand in de buurt, en George draaide zich net op tijd om een lange, zwierige man de kamer binnen te zien stappen, wiens perfect op maat gemaakte pak eruitzag alsof het meer kostte dan Georges hele garderobe. De stralend witte glimlach van de man leek de kroonluchter boven hem praktisch te weerspiegelen. Antoine Delacourt, realiseerde George zich grimmig; de Franse acteur die hij die ochtend naast Myst in de roddelbladen had zien prijken.

'Verdomd briljant,' mompelde George binnensmonds en hij stak zijn handen in zijn zakken. Het universum deelde vanavond duidelijk flinke klappen uit.

'Pardon,' onderbrak een strak geklede vrouw hem en tikte hem op de arm. 'Kun je nog een fles champagne voor de tafel halen? Daarginds.' Ze gebaarde vaag naar een hoek van de kamer.

'Eh...' George knipperde met zijn ogen en keek op haar neer. 'Ik ben niet...' Maar ze had zich al omgedraaid, blijkbaar aannemend dat hij zou gehoorzamen.

'Lijfwacht,' zei iemand anders achter hem, goedkeurend knikkend. 'Dat is logisch.'

'Fantastisch,' mompelde George, terwijl hij een hand over zijn gezicht haalde. Hij zag Myst zijn kant op kijken, haar lichtblauwe ogen lichtten op toen ze de zijne ontmoetten. Ze wenkte hem, maar hij schudde eenmaal zijn hoofd en deed alsof hij het niet had gemerkt. Dit was zijn wereld niet. Dat zou het ook nooit worden.

'George!' Myst kwam naar hem toe en strekte haar hand uit om die op zijn arm te leggen, maar voordat hij kon reageren, was Antoine Delacourt naast haar verschenen en had hij een arm losjes om haar schouders geslagen op een manier die Georges kaken deed verstrakken.

'Ah, dus dit is de vriend waar je het over had!' verklaarde Antoine, zijn Franse accent sneed als een botermes door de lucht. Zijn blik gleed onderzoekend over George en bleef hangen op zijn brede schouders. 'Je bent... hoe zeg je dat... imposant, nietwaar?'

'Aangenaam kennis te maken,' antwoordde George stijfjes en hij dwong zichzelf een hand uit te steken. Antoine negeerde het en flitste in plaats daarvan een grijns naar Myst.

'Ze vinden ons geweldig samen in de kranten, non?' plaagde Antoine, wat Myst een lach ontlokte die een steek van iets scherps door Georges borst joeg.

'Geloof niet alles wat je leest,' zei Myst luchtig, hoewel haar vingers zich subtiel om het champagneglas in haar hand klemden.

'Natuurlijk, natuurlijk,' antwoordde Antoine, terwijl hij zijn handen ophief in een schijnbare overgave. 'Je plaisante! Slechts grapjes!'

'Juist,' zei George, zijn stem klonk ruwer dan hij bedoelde. Myst keek hem weer aan, bezorgdheid flikkerde kort over haar gezicht.

'Hé,' mompelde ze en ze kwam dichterbij hem staan. 'Alles goed?'

'Prima,' gromde hij, hoewel het woord bitter op zijn tong smaakte. 'Kijk, ik denk dat ik terugga naar het hotel. Het was een lange dag.'

'George...' Myst aarzelde, haar voorhoofd in rimpels. 'Weet je het zeker? We kunnen weggaan als je wilt...'

'Blijf,' zei hij snel en schudde zijn hoofd. 'Dit is jouw avond. Geniet ervan.' Hij drukte een snelle kus op haar slaap en draaide zich om voordat ze nog iets kon zeggen, zich een weg banend door de menigte naar de uitgang. Het geluid van gelach en klinkende glazen volgde hem naar buiten in de koele Parijse nacht.

Terug in het hotel zat George onderuitgezakt op de rand van het bed, wezenloos starend naar de stadslichten buiten het raam. Zijn stropdas hing los om zijn nek en de kraag van het geleende overhemd voelde verstikkend aan, ook al was hij losgeknoopt.

Hij wreef met zijn handpalmen over zijn dijen en probeerde de warboel van gedachten die door zijn hoofd dwarrelden te ordenen. Was dit hoe zijn leven er nu uitzag? Onhandig in hoekjes staan terwijl Myst iedereen om haar heen verblindde? Aangezien worden voor ingehuurd personeel of, erger nog, het gevoel hebben niet meer dan een toeschouwer te zijn in haar verhaal?

'Herman je,' mompelde hij hardop en haalde een hand door zijn haar. Maar de knoop in zijn borst werd alleen maar strakker. Hoe graag hij ook in haar wereld wilde passen, het voelde alsof elke stap vooruit twee stappen achteruit betekende. En erger nog, hij kon de lelijke angst niet van zich afschudden dat zij het uiteindelijk ook zou beseffen.

De zachte klik van de deur deed hem opschrikken, en hij draaide zich om en zag Myst binnenkomen, haar hakken bungelend aan één hand, haar uitdrukking stormachtig.

'Waarom ging je zo weg?' eiste ze, de deur met meer kracht dan nodig achter zich dichttrekkend.

'Omdat ik daar niet thuishoorde,' snauwde George terug voordat hij zichzelf kon tegenhouden. Hij stond op, boven haar uittorenend, maar ze deinsde niet terug. In plaats daarvan rechtte ze haar schouders en keek ze hem boos aan.

'Dat is belachelijk!' zei ze, terwijl ergernis haar stem binnensloop. 'Ik heb je al honderd keer gezegd dat je niet alles over mijn wereld hoeft te weten om...'

'Om wat, Myst?' onderbrak George haar, zijn stem werd luider. 'Om daar als een of andere idioot te staan terwijl iedereen om me heen praat? Om te zien hoe kerels als Antoine zich om je heen draperen en grappen maken over krantenkoppen alsof het niets is?'

'Antoine betekent niets voor me,' snauwde ze, haar wangen werden roze. 'En als je me vertrouwde, zou je dat weten!'

'Vertrouwen is het probleem niet,' wierp George tegen, terwijl hij van haar wegliep. 'Het is...' Hij pauzeerde, worstelend om de juiste woorden te vinden. 'Het is je hele wereld. Het is te groot, te snel! Ik weet niet eens hoe ik het moet bijbenen. En eerlijk gezegd? Ik denk niet dat me dat ooit zal lukken.'

'Denk je dat het voor mij makkelijk is om *jouw* wereld te begrijpen?' kaatste Myst terug, haar stem brak lichtjes. 'De rugbycultuur? De druk van het leiden van een team? Denk je dat ik dat allemaal snap? Want dat doe ik niet, George. Maar ik probeer het wel.'

'En misschien is dat het probleem,' zei George zachtjes, terwijl hij zich omdraaide om haar aan te kijken. 'Misschien proberen we allebei te hard om in iets te passen dat niet werkt.'

Haar ogen werden groot en even spraken geen van beiden. Toen, zonder een woord te zeggen, draaide Myst zich op haar hakken om en stormde de aangrenzende slaapkamer in, de deur achter zich dichtslaand.

George staarde haar na, zijn hart bonkend in zijn borst. Hij liet zich terug op het bed zakken en liet zijn hoofd in zijn handen vallen.

'Verdomd briljant,' mompelde hij. Voor het eerst sinds ze in Parijs waren aangekomen, was hij er niet zeker van of ze deze stad samen zouden verlaten.

Hoofdstuk Acht

DE OCHTENDZON VIEL DOOR de hotelgordijnen en wierp lange, gouden strepen over het zachte tapijt. Myst verstelde het bandje van haar zijden hemdje en deed haar haar in een slordige knot. Haar bewegingen waren snel en geoefend terwijl ze haar kledingkast doorzocht op zoek naar iets professioneels, maar toch chics. Haar telefoon trilde op het nachtkastje met weer een herinnering van Jessie over de interviews die voor die dag op de planning stonden.

Ze keek naar het bed, waar George languit onder het witte dekbed lag, met een arm over zijn ogen. Zijn donkere haar was een warrige bos op het kussen en zijn gebruikelijke energie leek gedempt door onzichtbare gewichten. Myst aarzelde met een paar oorbellen in haar hand.

'Ben je van plan daar de hele dag te blijven liggen?' vroeg ze luchtig, hoewel haar stem haar gebruikelijke plagerige ondertoon miste.

'Ik heb gewoon wat meer slaap nodig,' kwam het gedempte antwoord van George, zijn toon neutraal, afstandelijk. 'Het was een late avond, je weet wel.'

'Juist.' Myst deed de oorbellen in, haar vingers trilden lichtjes. Ze wilde meer zeggen, vragen of het wel goed met hem ging, zichzelf uitleggen, maar de woorden bleven als keien in haar keel steken. In plaats daarvan hield ze zich bezig met het dichtritsen van haar tas, het scherpe geluid vulde de stilte tussen hen.

'Het ontbijt is beneden in de lounge als je honger hebt,' voegde ze eraan toe, met een geforceerde, beleefde glimlach die hij niet zou zien.

'Bedankt,' zei hij zonder te bewegen, zijn gezicht nog steeds afgeschermd van het zonlicht.

En dat was het. Geen woorden meer, geen talmende blikken. Slechts een schrijnende leegte die de kamer vulde toen Myst haar blazer pakte en vertrok. Het zachte klikken van de deur die achter haar dichtviel, voelde zwaarder dan zou moeten.

'Enchantée, Myst! Je bent magnifique, zoals altijd!' De begroeting van de Franse journalist was overdreven, maar Myst merkte het nauwelijks op. Ze zat in het midden van een halve cirkel van verslaggevers in een strakke vergaderzaal, de tafel glimmend onder felle kunstlampen. Camera's klikten ritmisch terwijl ze met een zilveren ring aan haar vinger frunnikte en hem heen en weer draaide tot haar huid roze werd.

'Uw laatste single is een succès énorme! Vertel ons, wat was de inspiratie?' vroeg een andere journalist, die gretig naar voren leunde.

'Eh,' begon Myst, haar stem stokte. Wat had het geïnspireerd? Normaal gesproken kon ze poëtisch vertellen over de lagen van emotie en creativiteit achter haar muziek. Maar nu kon ze alleen maar denken aan de stille, gesloten uitdrukking van George die ochtend, en de manier waarop haar borstkas zich bij die gedachte samentrok.

'Liefde,' stamelde ze eindelijk, waarbij haar Australische accent ondanks haar inspanningen doorklonk. 'Het is, eh... ingewikkeld, nietwaar?'

'Ingewikkelde liefde! Très romantique!' De journalist krabbelde verwoed in zijn notitieboekje terwijl de anderen schijnbaar tevreden knikten. Myst forceerde een glimlach en schoof haar stoel iets naar achteren. De lucht voelde benauwend en de vragen vervaagden tot een onduidelijk gebabbel dat ze met moeite kon volgen.

'Excusez-moi,' Jessie's scherpe stem sneed door het lawaai. Myst keek op en zag haar nicht aan de rand van de kamer staan, met haar armen over elkaar en opgetrokken wenkbrauwen. 'We hebben even een momentje nodig, s'il vous plaît.' Zonder op toestemming te wachten, gebaarde Jessie dat Myst haar de gang op moest volgen.

'Wat is er met jou aan de hand?' eiste Jessie zodra de deur dichtzwaaide. Haar groene ogen vernauwden zich bezorgd, wat werd geaccentueerd door haar onberispelijke eyeliner. 'Je stond erbij als een hert in de koplampen daarbinnen.'

'Het gaat goed,' zei Myst automatisch, maar haar stem brak bij het laatste woord. Ze drukte haar handpalmen tegen de koele muur om haar evenwicht te bewaren. Jessie bewoog niet, ze trapte er geen seconde in.

'Niks daarvan,' drong Jessie aan, dit keer zachter. 'Gaat dit over George?'

Myst ademde trillend uit, haar schouders zakten in. De gang voelde stiller dan zou moeten, op het af en toe klinken van bestek van een nabijgelegen cateringstation na. 'Het is gewoon... ik weet niet of hij het snapt. Mijn wereld, bedoel ik. Al die chaos, de camera's, de constante druk om... deze versie van mij te zijn.' Ze maakte een vaag gebaar naar haar designeroutfit, haar perfect samengestelde imago. 'Wat als het te veel voor hem is? Wat als *ik* te veel voor hem ben?'

'Hé.' Jessie kwam dichterbij en legde een arm om haar heen. 'Ten eerste ben je niet 'te veel' voor iemand die je echt verdient. Begrepen? En ten tweede... hij zou hier niet zijn, dit hele circus niet meemaken, als hij niet om je gaf, Myst.'

'Misschien.' Myst kauwde op haar lip, twijfel vertroebelde haar ogen. 'Maar om iemand geven maakt het nog niet makkelijk. Hij leek zo... gesloten vandaag. Alsof ik hem al kwijt was, Jess. En ik weet niet hoe ik het moet oplossen.'

'Begin door met hem te praten,' zei Jessie simpelweg. 'Echt praten.'

'Ja,' mompelde Myst, hoewel haar hart samenknepen bij de gedachte. Praten betekende wonden openrijten, angsten toegeven, en ze wist niet zeker of ze daar klaar voor was.

Myst hield de afhaalmaaltijdzakken anders vast terwijl ze met de hotelpas klungelde, haar voorhoofd gefronst van concentratie. De strakke, zwarte kaart weigerde de eerste keer mee te werken, en ook de tweede keer niet. 'Kom op,' mompelde ze binnensmonds, terwijl ze een losse, donkere haarlok uit haar gezicht blies. Bij de derde poging piepte het slot en klikte het open. Overwinning.

'Roomservice!' riep ze, en stapte met een overdreven vrolijkheid die van de smetteloze muren van hun hotel-suite weerkaatste naar binnen. De geur van knoflook en geroosterde groenten verspreidde zich door de lucht toen ze de zakken op het kleine eettafeltje bij het raam zette. Ze had alles uit de kast gehaald met Italiaans van een fantastisch tentje iets verderop in de straat, compleet met tiramisu als toetje. Als dit de spreekwoordelijke ijsberg tussen hen niet deed smelten, wist ze niet wat wel zou werken.

George lag languit op de bank, zijn lange lijf nam hem bijna volledig in beslag. Hij keek kort op van zijn telefoon, zijn gezicht onleesbaar, voordat zijn aandacht weer naar het scherm ging. 'Hé,' zei hij vlak, zijn stem laag en afstandelijk.

'Wauw.' Myst legde dramatisch een hand op haar hart. 'Probeer me niet te overweldigen met je enthousiasme, maat.'

Zijn lippen trokken samen, maar toen werd zijn uit-drukking weer gesloten. 'Sorry. Gewoon moe.'

'Juist. Moe.' Ze hield haar hoofd schuin en bestudeerde hem een fractie langer dan nodig. Zijn kaaklijn leek scher-per dan normaal in de gedimde gloed van de vloerlamp in de kamer, spanning getekend in elke lijn van zijn gezicht. 'Nou, ik heb koolhydraten en suiker meegenomen, dus... je bent contractueel verplicht om nu op te vrolijken.'

Hij antwoordde niet, maar hij legde zijn telefoon neer, wat als vooruitgang voelde. Myst vatte dat op als haar teken om door te gaan. Ze pakte de bakjes met bewuste zorg uit, het geklingel van de deksels vulde de stilte. De stilte was zwaar en drukte op haar borst als een te strak korset. Ze haatte dit; deze versie van hen, waarin elk woord voelde als koorddansen boven een ravijn van onopgeloste emoties.

'Kijk,' begon ze, haar stem nu zachter. 'Ik weet dat het gisteravond rommelig was. En ik haat hoe we uit elkaar zijn gegaan. Ik heb er eigenlijk de hele dag aan gedacht.' Ze draaide zich naar hem toe en klemde zich vast aan de rand van de tafel alsof die haar houvast kon bieden. 'Ik... ik wilde gewoon zeggen dat het me spijt. Voor hoe ik het heb aangepakt. Of niet heb aangepakt, denk ik.'

'O ja?' George's ogen zochten de hare, onderzoekend. Ze waren zo diepblauw vanavond, als de oceaan vlak voor een storm.

'Ja.' Ze slikte moeizaam, haar keel droog ondanks het glas water dat ze eerder had gedronken. 'Het is gewoon... dit leven dat ik leid, George, het is gekkenwerk. Je hebt het gezien. En dat allemaal in evenwicht houden, mijn carrière, mijn team, de pers, het is als jongleren met brandende zwaarden terwijl je geblinddoekt bent. De helft van de tijd weet ik niet eens of ik het goed doe.'

'Je doet het prima,' zei hij, bijna te snel. Maar er zat geen warmte achter de woorden, geen overtuiging. Hij leunde naar voren, zijn ellebogen op zijn knieën. 'Maar hoe zit het met mij, Myst? Waar pas ik in dat alles?'

Haar maag draaide zich om. Ze had geweten dat dit zou komen, toch? Had het geweten vanaf het moment dat ze Jessie eerder bij de interviews gedag zei. Toch voelde het anders om het hardop te horen. Hij klonk... verloren.

'Natuurlijk pas je erin,' zei ze, terwijl ze de kamer overstak om naast hem op de bank te gaan zitten. Het leer kraakte zachtjes onder haar lichte gewicht. 'Je bent hier, toch? Bij mij. Dat betekent toch iets, niet?'

'Is dat zo?' Zijn toon was niet echt scherp, maar sneed desondanks. Hij ging met een hand door zijn haar, waardoor het op een manier warrig werd die haar de neiging gaf het weer goed te doen. 'Want soms voelt het alsof ik gewoon... meeloop. Alsof ik een of andere gozer ben die het geluk heeft gehad om mee te rijden in jouw wereld, maar hier niet echt thuishoor.'

'Dat is niet waar.' Haar stem klonk steviger dan ze had verwacht, getint met een wanhoop die ze niet helemaal kon verbergen. 'Jij hoort bij mij, George. Ik zou je niet gevraagd hebben om te blijven als ik dat niet dacht.'

'Waarom voelt het dan alsof ik altijd twee stappen achterloop?' Hij keek haar toen aan, keek haar echt aan, en er was zoveel rauwe kwetsbaarheid in zijn uitdrukking dat het haar bijna brak. 'Alsof jij deze race rent en ik het niet kan bijhouden. Wat gebeurt er als ik te ver achterop raak, Myst? Laat je me daar dan gewoon achter?'

'God, nee!' Alleen al de gedachte stuurde een rilling over haar rug. Ze reikte naar zijn hand, krulde haar vingers om zijn grotere. 'Ik ben ook bang, oké? Bang voor hoe snel dit allemaal gaat. Bang dat ik het verpest, of dat ik het misschien al verpest heb. Maar ik wil dit. Ik wil *ons*.' Haar stem brak bij het laatste woord en ze knipperde verwoed om de tranen tegen te houden. 'Ik weet niet hoe ik je dat kan laten geloven, maar het is de waarheid.'

Een lang moment reageerde hij niet. Toen zuchtte hij, en trok zijn hand zachtjes maar opzettelijk terug. 'Ik geloof je,' zei hij zacht. 'Maar dat maakt het niet makkelijker.'

'Niets hieraan is makkelijk,' stemde ze in, haar stem nauwelijks luider dan een fluistering.

De stilte die volgde, was niet vijandig. Het was niet eens echt ongemakkelijk. Het was gewoon... zwaar. Vol onuitgesproken dingen en onuitgesproken angsten. Myst staarde naar haar schoot en voelde de steek van de nederlaag in haar borst. Ze had het geprobeerd. God, ze had het geprobeerd. Maar misschien was proberen niet genoeg.

'Laten we eten voordat het koud wordt,' zei ze ten slotte, haar stem dwingend tot iets luchtigs, hoewel die barstte onder het gewicht van al het andere. George knikte afwezig en pakte een van de bakjes zonder haar aan te kijken.

De volgende ochtend stond Myst midden in haar kleedkamer, omringd door een wervelwind van stylisten en assistenten. Jessie gaf haar het schema voor de dag, haar uitdrukking zorgvuldig neutraal.

'Last-minute toevoeging,' zei Jessie, en tikte met een gemanicuurde nagel tegen het papier. 'Fotoshoot met Antoine Delacourt. Zou niet meer dan twee uur moeten duren.'

'Antoine?' kreunde Myst, en wreef over haar slaap. Dat had ze nog net nodig, een fotoshoot met die beruchte flirt. 'Prima. Laten we het maar gewoon achter de rug hebben.'

'Moet ik...' Jessie aarzelde. 'Wil je dat ik George op de hoogte breng?'

'Nee.' Myst schudde snel haar hoofd en vermeed de blik van haar nicht. 'Ik vertel het hem later wel. Het is niets. Gewoon werk.'

'Juist,' zei Jessie, het enkele woord beladen met een betekenis die Myst besloot te negeren.

Hoofdstuk Negen

GEORGE ZAKTE DIEPER WEG in de enorme fauteuil van de hotelkamer, met zijn telefoon gevaarlijk balancerend op zijn knie. Het halflege kopje koffie op het tafeltje naast hem was al lang koud, maar dat had hij niet gemerkt. Zijn duim zweefde boven het scherm, alsof die op de een of andere manier het beeld kon veranderen dat naar hem terugstaarde.

Daar was ze, zijn Myst, stralender dan ooit, de dikke golven van haar donkere haar perfect in model, haar lichtblauwe ogen op de camera gericht met die kenmerkende mengeling van kwetsbaarheid en vuur die hem in eerste instantie zo had aangetrokken. Maar ze was niet alleen.

Nee, ze stond naast Antoine Delacourt, de Franse acteur en hartenbreker wiens gezicht waarschijnlijk ijs aan een ijsbeer kon verkopen. Ze lachten, hun hoofden naar elkaar toe gebogen als de belichaming van perfectie in een glamourblad.

'Antoine Delacourt,' mompelde George in zichzelf, en de naam smaakte bitter terwijl hij hem uitsprak. Zijn kaken spanden zich reflexmatig aan. Het bijschrift hielp ook niet mee: *Australische popprinses Myst en de golden boy van de Franse cinema laten de temperatuur oplopen in Parijs! Is dit het nieuwste powerkoppel van Europa?'*

Het commentaargedeelte eronder was al een gekkenhuis, fans speculeerden er wild op los, ontleedden elke blik, elke glimlach.

'Laten de temperatuur oplopen,' herhaalde George, zijn stem luid in de lege kamer. Hij gooide de telefoon op de bank naast zich en haalde gefrustreerd een hand door zijn haar, terwijl de frustratie in zijn borst opborrelde.

Hij was de hele dag in het hotel gebleven, had haar de ruimte gegeven en geprobeerd niet te veel stil te staan bij de ongemakkelijke sfeer van gisteravond. Hij wilde geloven dat ze in hetzelfde team zaten, ook al voelde dat niet altijd zo. Maar dit zien, de fotoshoot waar ze niets over had gezegd, de vanzelfsprekende chemie die ze leek te hebben met iemand die zo moeiteloos in haar wereld paste; het schuurde tegen elke onzekerheid die hij dacht te hebben weggestopt. Had ze echt gedacht dat ze dit voor hem geheim kon houden? Dacht ze dat het hem niet zou kunnen schelen?

De deur klikte open en George ging reflexmatig rechtop zitten, zijn brede schouders verstrakten toen Myst binnenkwam. Ze zag er moe uit, haar tengere gestalte gehuld in een los vest, een tas over een schouder. Een fractie van een seconde verzachtte haar aanblik iets in hem. Maar toen dook de herinnering aan de foto weer op, scherp en stekend.

'Hé,' zei ze luchtig, terwijl ze haar tas op het bureau zette. Ze keek hem aan, haar lichtblauwe ogen peilden zijn gezicht, maar zijn uitdrukking veranderde niet, noch stond hij op om haar te begroeten. 'Lange dag?'

'Blijkbaar niet zo lang als die van jou.' De woorden klonken kouder dan hij bedoelde, kortaf en scherp.

Myst zweeg even en fronste lichtjes. 'Wat moet dat betekenen?'

George leunde voorover en steunde met zijn ellebogen op zijn knieën. 'Ik heb de foto's gezien, Myst,' zei hij op een zorgvuldig afgemeten maar toch verwijtende toon. 'Jij en Antoine. Fijn dat je me even hebt ingelicht.'

Haar voorhoofd rimpelde, verwarring flitste over haar gezicht voordat het besef doordrong. 'O,' zei ze zacht, bijna tegen zichzelf, terwijl ze haar blik op de vloer liet vallen. 'De fotoshoot.'

'Ja, de fotoshoot,' herhaalde George, die nu opstond. 'Die je voor het gemak vergat te noemen.'

'George, het was niet…' begon ze, maar hij onderbrak haar, terwijl de frustratie die hij had opgekropt eruit stroomde.

'Weet je hoe het is om via vreemden op het internet te ontdekken wat je vriendin die dag heeft gedaan? Om te zien dat iedereen het over haar leven heeft voordat ze überhaupt de moeite neemt om het je te vertellen?' Zijn stem werd luider, hoewel hij moeite deed om hem rustig te houden. 'En laten we het maar niet hebben over dat hele 'powerkoppel'-gedoe. Heb je enig idee hoe…' Hij hield zich in, schudde zijn hoofd terwijl hij zich omdraaide en naar het raam ijsbeerde. Het glas weerkaatste zijn eigen boze frons, vervormd door de stadslichten daarachter.

'Hoe wat?' Mysts stem was zacht maar vastberaden. Er was geen spoor van verdediging, alleen oprechte nieuwsgierigheid, of misschien bezorgdheid. Het deed hem pauzeren, zijn woede nam af en zijn schouders zakten iets, hoewel hij zich niet omdraaide.

'Hoe het voelt,' zei hij uiteindelijk, zijn stem nu lager, 'om het gevoel te hebben dat ik gewoon... aan de zijlijn van je leven sta, wachtend tot je me binnenlaat.'

Myst stak langzaam de kamer over en stopte een paar meter achter hem. 'Zo was het niet,' zei ze zacht. 'George, het was gewoon werk. Een lastminuteshoot. En ik heb het je niet verteld omdat...' Ze aarzelde en beet op haar lip. 'Omdat ik wist dat je boos zou worden.'

'Nou, gefeliciteerd,' zei hij droog, terwijl hij zich naar haar omdraaide. 'Missie geslaagd.'

Ze deinsde daarvoor terug, en heel even voelde hij een steek van schuldgevoel in zijn borst. Maar toen herinnerde hij zich de foto weer, de manier waarop Antoine naar haar had gekeken alsof hij daar thuishoorde, alsof het voor hem zo makkelijk was om deel uit te maken van haar wereld. En plotseling werd het schuldgevoel overstemd door die bekende pijn van het gevoel niet goed genoeg te zijn. Van het gevoel dat hij nooit helemaal zou kunnen tippen.

'George,' probeerde ze opnieuw, dichterbij komend, haar stem verzachtend. 'Je weet dat dit niet gaat over...'

'Weet ik dat?' onderbrak hij haar, zijn ogen in de hare verankerd, op zoek naar antwoorden die hij niet zeker wist of hij wilde horen. 'Want op dit moment, Myst, voelt het niet alsof we op één lijn zitten. Verdomme, soms voelt het niet eens alsof we in hetzelfde boek zitten.'

Ergernis begon op haar gezicht te bloeien. 'Moet ik nu elke werkverplichting met je doornemen? Elke fotoshoot? Elke vergadering? Is dat wat je wilt?'

'Verdraai mijn woorden niet,' wierp hij tegen. 'Je hebt me niets over Antoine verteld omdat je wist dat het er slecht uitzag. Je wist dat het me zou kwetsen, en toch deed je het. Daar kan ik niet voorbij!'

'Omdat ik ons probeer te beschermen!' Haar stem brak bij het laatste woord, en ze sloeg haar armen over elkaar alsof ze zichzelf overeind wilde houden. 'Denk je dat ik het leuk vind om op eieren te lopen, me zorgen te maken over hoe elk klein ding dat ik doe ons zal beïnvloeden? Weet je hoe vermoeiend dat is?'

'Vermoeiend?' George lachte, maar er zat geen humor in. 'Probeer de man te zijn die het leven van zijn vriendin moet volgen in roddelbladen en op Instagramposts, zich afvragend waar hij in godsnaam in dat alles past! Probeer de man te zijn die zich een geest voelt als ze een kamer binnenloopt omdat iedereen haar eerst ziet, en niemand zich ook maar een zier om hem bekommert!'

'Jaloezie,' zei Myst scherp, haar stem sneed door de zijne als een zweepslag. 'Daar gaat dit echt over, nietwaar? Je bent jaloers. Op mijn carrière. Op mijn wereld. En in plaats van uit te zoeken hoe we dit kunnen laten werken, blijf je me ervoor straffen.'

'Jou straffen?' Hij stapte dichterbij, wilde naar haar uitreiken maar durfde het niet terwijl hij zo boos was. 'Ik heb je altijd gesteund. Maar misschien...' hij hield zich in, zijn kaak spande zich aan voordat hij eindelijk zijn zin afmaakte. 'Misschien kan ik het gewoon niet meer aan.

Misschien ben ik niet geschikt voor dit openbare circus van jou.'

'Misschien heb je gelijk.' Haar woorden klonken zachter, maar niet minder scherp. De woede was uit haar stem verdwenen en liet iets rauws en hols achter. 'Misschien zijn we te verschillend. Misschien is het te veel gevraagd om te proberen deze kloof tussen ons te overbruggen.'

George staarde haar aan, zijn handen balden en ontspanden zich langs zijn zij. Haar blik week niet, maar hij zag de flits van pijn in haar ogen. Het was een spiegeling van de zijne.

'Prima,' mompelde hij, het woord landde als een anker tussen hen in.

'Prima,' herhaalde ze, haar stem amper een fluistering.

De stilte brulde luider dan hun geschreeuw had gedaan. Zij keek als eerste weg, slikte moeilijk voordat ze haar tas pakte en naar de deur liep. Ze aarzelde een fractie van een seconde, haar hand rustend op de klink, maar toen trok ze de deur open en liep naar buiten. De deur sloeg achter haar dicht, het geluid galmde door de stille kamer.

George stond als aan de grond genageld en staarde naar de plek waar ze even geleden had gestaan. Zijn handen balden zich tot vuisten langs zijn zij, de woede maakte plaats voor een holle pijn in zijn borst. Weer alleen, drukte de stilte op hem, verstikkend en onverbiddelijk.

George zat onderuitgezakt op de rand van het bed en staarde wezenloos naar de gedempte tv. De neonlichten van Parijs knipperden door de gordijnen en bespotten hem met hun helderheid. Hij speelde de ruzie opnieuw af in zijn hoofd, ontleedde elke zin, elke beschuldiging, elke spijtbetuiging. Zijn frustratie was overgekookt, zeker, maar het was niet alleen woede. Het was angst. Angst dat ze hem niet nodig had zoals hij haar nodig had. Angst dat hij altijd een stap achter zou blijven in haar wereld, nooit helemaal bij zou kunnen benen.

'Stomme idioot,' mompelde hij in zichzelf, terwijl hij met een hand over zijn gezicht wreef.

Zijn telefoon trilde op het nachtkastje en hij pakte hem op om te kijken, tegen beter weten in hopend dat het Myst was, die iets zei wat alles op magische wijze beter zou maken.

Nee. Gewoon een bericht van een oude vriend, die contact had opgenomen toen hij hoorde dat hij in Parijs was. *Maat, kom naar Toulouse. Kan je hulp wel gebruiken met wat oefeningen. Plus, Elisa mist je vreselijke grappen.*

George zuchtte, de hoeken van zijn mond trokken op in de kleinste glimlach. Misschien was wat afstand precies wat hij nodig had, om zijn hoofd leeg te maken, om uit te zoeken wat hij echt wilde, en hoe hij deze spiraal van onzekerheid kon stoppen voordat die hem volledig verzwolg.

De volgende ochtend trof hij Jessie in de lobby van het hotel aan, zittend aan een kop koffie die sterk genoeg rook om een dode weer tot leven te wekken. Ze trok een wenkbrauw op toen hij dichterbij kwam.

'Kom je al door het stof gekropen?' vroeg ze droogjes, terwijl ze een slok van haar drankje nam.

'Nog niet,' zei hij op een ingetogen maar vastberaden toon. 'Ik heb wat tijd voor mezelf nodig, Jess. Ik ga een paar dagen naar een vriend in Toulouse. Kun jij... kun jij het Myst laten weten?'

Jessie bekeek hem een lang moment en haar scherpe blik werd iets zachter. 'Natuurlijk,' zei ze uiteindelijk. 'Een paar dagen afstand is op dit moment misschien wel het beste. Maar voor wat het waard is, George, ze is de afgelopen weken gelukkiger geweest dan ik haar in jaren heb gezien. Laat wat jullie hebben niet zomaar zonder slag of stoot verloren gaan. Ze is het waard. Dat weet je toch?'

'Ja,' zei hij zacht, terwijl hij knikte. 'Dat weet ik.'

'Mooi.' Jessie stond op en veegde de kruimels van de croissant van haar spijkerbroek. 'Ga nu maar je zaken op orde krijgen, maat. En kom terug, klaar om deze puinhoop op te ruimen.'

'Daar ben ik mee bezig,' antwoordde George, terwijl hij zijn tas pakte. Toen hij de lobby uitliep, voelde het alsof het gewicht van de stad iets van zijn schouders werd gelicht. Er broeide nog steeds een storm tussen hem en Myst, maar misschien kon hij een manier vinden om die te doorstaan.

De rugbybal draaide loom door de lucht, maakte een hoge boog boven het groene grasveld van het park en landde toen met een bevredigende klap in de brede handpalmen van Tommy Raedecker. George stond een paar meter verderop met zijn handen in zijn zij en keek met toegeknepen ogen naar de Franse hemel die onnatuurlijk blauw leek, alsof hij was geschilderd. Het geschreeuw van kinderen weerklonk om hen heen, vermengd met het verre gerinkel van kopjes in cafés en het af en toe tjilpen van vogels die tussen de platanen door schoten.

'Die worp heb je nog steeds,' zei Tommy met een grijns, terwijl hij de bal teruggooide naar George. 'Maar ik schat zo in dat je een stapje of twee langzamer bent geworden sinds ik je voor het laatst heb gezien. Worden we een watje?'

'Een watje?' proestte George, die de bal ondanks Tommy's plaagstootje makkelijk ving. 'Jij moet wat zeggen. Wanneer heb jij voor het laatst meer dan tien meter gerend zonder te hijgen?'

'Ho, rustig maar.' Tommy trok spottend beledigd een wenkbrauw op. 'Assistent-coach, maat. Strategie is tegenwoordig mijn ding.'

'Strategie,' herhaalde George, terwijl hij zijn hoofd schudde. Afwezig rolde hij de bal over zijn onderarm, de vertrouwde textuur die hem even tot rust bracht. Het voelde goed om hier buiten te zijn, onder de open hemel, omringd door iets eenvoudigs. Iets echts.

'Oké, oké, kappen jullie twee,' riep Tommy's vrouw Elisa vanaf een picknickkleed in de buurt. Haar blonde haar glansde in de zon toen ze achteroverleunde op haar handen en toekeek hoe hun tweeling als twee kleine wervelwinden door de speeltuin rende. 'George is hier voor een pauze, niet om jullie gloriedagen te herbeleven, Tom.'

'Gloriedagen? Ze laat het klinken alsof ik stokoud ben,' mompelde Tommy, maar er zat geen venijn in zijn woorden toen hij naar Elisa jogde, zich met een tevreden gekreun naast haar liet vallen en voorover boog voor een kus.

George volgde langzamer en klemde de bal onder zijn arm toen hij dichterbij kwam. Het tafereel voor hem leek rechtstreeks uit een van die perfecte reclames voor een gezond leven te komen; een lachend stel, hun rondstuiterende kinderen, een briesje dat door het park waaide. Het was zo anders dan de chaos van tourbussen en flitsende camera's die de laatste tijd zijn realiteit was geworden. Zo anders dan de wereld van Myst.

'Ga zitten, maat,' zei Tommy, en hij klopte op het lege stuk van het kleed naast hem. 'Ik zie de radertjes in dat grote hoofd van je draaien.'

'Ja, kom op,' voegde Elisa er warm aan toe, terwijl ze George een flesje water aanbood. 'Je bent al de hele ochtend aan het piekeren. Laat ons je helpen met wat je op je hart hebt.'

'Piekeren,' mompelde George, die het flesje aannam maar nog niet ging zitten. 'Ik weet niet zeker of dat het juiste woord is.'

'Mokken dan?' plaagde Tommy, wat hem een speelse tik van Elisa opleverde.

'Oké, oké.' George moest ondanks zichzelf grinniken en liet zich op het kleed zakken. Hij strekte zijn benen voor zich uit, zijn lange lijf ongemakkelijk uitgestrekt vergeleken met Tommy's compacte, nonchalante gemak. Even keek hij alleen maar naar de tweeling, van wie de een in het klimrek klom en de ander met wilde overgave achter een duif aan joeg.

'Hoe doe je dat?' vroeg George plotseling, zijn stem nu zachter. 'Dit allemaal. Het in balans houden, bedoel ik. Je carrière, je gezin...'

Tommy wisselde een blik met Elisa voordat hij antwoordde. 'Het is niet makkelijk, maat. Nooit. Denk je dat wij ons portie ruzies over prioriteiten niet hebben gehad? Over tijd? Mensch, er waren weken — *maanden* — toen ik nog speelde dat Elisa me nauwelijks zag, behalve om me de waszak te overhandigen.'

'Waargebeurd verhaal,' viel Elisa met een lichte lach bij. 'Maar we hebben ons erdoorheen gewerkt omdat we allebei wilden dat het zou slagen. Dat is het, George, je moet het genoeg willen om ervoor te vechten. Jullie allebei.'

'Wij allebei,' herhaalde George zachtjes, terwijl hij de dop van het flesje water draaide. Zijn gedachten dwaalden ongevraagd af naar Myst; haar vastberaden uitdrukking als ze over haar muziek praatte, de manier waarop haar lach een kamer verlichtte, hoe ze altijd vaag naar jasmijn rook, zelfs na uren onder de podiumlichten. Hij vroeg zich af wat ze op dit moment aan het doen was. Of ze ook aan hem dacht.

'Kijk, ik snap het,' ging Tommy verder, achterover leunend op zijn ellebogen. 'Samen zijn met iemand als Myst, iemand die haar leven in de schijnwerpers leidt... Dat is niet hetzelfde als met Elisa hier, die het prima vindt om uit de krantenkoppen te blijven. Maar dat meisje betekent duidelijk iets voor je, anders zou je hier niet zitten om deze vragen te stellen.'

'Dat doet ze,' gaf George toe, de woorden voelden zwaar op zijn tong. 'Maar soms voelt het... onmogelijk. Alsof we de helft van de tijd verschillende talen spreken.'

'Dat is normaal,' zei Elisa zacht. 'Relaties zijn rommelig, George. Het is niet de bedoeling dat ze makkelijk zijn. Maar ze zijn het waard als je bereid bent om er moeite voor te doen. De vraag is...' ze pauzeerde en keek hem indringend aan, 'is zij het voor jou waard?'

George antwoordde niet meteen. Hij legde zijn hoofd in zijn nek en staarde naar de elkaar kruisende takken boven hem en de helderblauwe winterlucht, bijna dezelfde kleur als Myst's ogen. Ergens in de verte gilde een kind van het lachen. Hij dacht aan de manier waarop Myst's ogen verzachtten als ze naar hem keek, en daarna aan de ruzie; de woede, de pijn, de deur die achter haar dichtsloeg. Zijn borstkas kromp ineen.

'Kom op, pap!' riep een van de tweeling, enthousiast zwaaiend vanaf de schommels. 'Duw ons!'

'Ik kom eraan!' riep Tommy terug en stond met geoefend gemak op. Hij gaf George een klopje op zijn schouder toen hij langsliep. 'Denk erover na, maat. En wacht niet te lang. Het leven wacht niet.'

Elisa bekeek George een moment, haar uitdrukking nieuwsgierig. 'Hoe gaat het met het diepe nadenken?' vroeg ze na een moment.

Hij lachte zonder humor. 'Uitputtend,' gaf hij toe. 'Ik probeer erachter te komen of ik hiervoor in de wieg gelegd ben. Om met iemand als Myst te zijn.'

'Iemand als Myst?' herhaalde Elisa, en ze trok een wenkbrauw op. 'Bedoel je iemand die geweldig, getalenteerd en stapelgek op je is?'

'Iemand wiens leven een chaos is,' verduidelijkte George, hoewel haar beschrijving zijn borst op een andere manier pijn deed. 'Iemand die constant onderweg is, omringd door mensen, altijd in de schijnwerpers...'

'Klinkt als iemand anders die ik ken,' zei Elisa veelbetekenend, terwijl ze hem lichtjes met haar elleboog een por gaf. 'Jij leidt zelf ook niet bepaald een rustig leven, George.'

'Ja, maar dat is anders,' bracht hij er zwak tegenin. 'Rugby is... gestructureerd. Op zijn eigen manier voorspelbaar. De wereld van Myst...' Hij schudde zijn hoofd, worstelend om de juiste woorden te vinden. 'Het is alsof ik rook probeer vast te houden.'

Elisa was even stil en keek naar haar man en kinderen. 'Weet je,' zei ze uiteindelijk zacht, 'toen Tommy deze baan in Frankrijk aannam, wist ik niet zeker hoe we het zouden laten slagen. Ik maakte me zorgen over de afstand, de veranderingen, de scholing van de kinderen, ver weg zijn van onze families, de taal, zoveel onzekerheden... maar uiteindelijk besefte ik iets. Het gaat er niet om dat je alle antwoorden hebt. Het gaat erom dat je elke dag opnieuw voor elkaar kiest. Zelfs als het moeilijk is. *Juist* als het moeilijk is.'

George staarde voor zich uit en keek hoe de tweeling het uitgilde van plezier terwijl Tommy hen hoger op de schommels duwde. De eenvoud van hun vreugde voelde een wereld verwijderd van de complicaties waar hij en Myst mee te maken hadden.

'Denk je...' Hij aarzelde, zijn stem nu stiller. 'Denk je dat Myst en ik dit ooit zouden kunnen hebben? Een gezin, een normaal leven?'

'Normaliteit is overschat,' antwoordde Elisa met een glimlach. 'Maar als je vraagt of jullie twee een toekomst samen zouden kunnen hebben? Dat is aan jullie. Onthoud gewoon dat liefde niet in een hokje hoeft te passen om echt te zijn. Soms is ze rommelig en chaotisch en totaal niet zoals je je had voorgesteld. Maar dat betekent niet dat het de moeite niet waard is.'

Haar woorden legden zich als een deken over hem heen, warm en zwaar van waarheid.

'Het punt is,' ging Elisa verder, 'liefde alleen is niet genoeg. Je moet haar halverwege tegemoetkomen.'

'Halverwege,' herhaalde George zacht, bijna tegen zichzelf. Terwijl Elisa opstond en naar Tommy en de jongens toe liep, bleef George aan het kleed vastgenageld, zijn blik gericht op het idyllische tafereel voor hem. Hij kon het niet helpen zich af te vragen, zou dit ooit zijn leven met Myst kunnen zijn? Of zouden de eisen van haar wereld hen altijd uit elkaar houden?

Hij zuchtte en pakte de rugbybal weer op. Hij voelde stevig en betrouwbaar in zijn greep. In tegenstelling tot de puinhoop van onzekerheid die door zijn hoofd dwarrelde.

Hoofdstuk Tien

Het fluitje sneed door de heldere ochtendlucht, scherp en gebiedend. George stond aan de zijlijn van het trainingsveld van de rugbyclub van Toulouse, zijn handen diep in de zakken van zijn jas. De spelers bewogen als een geoliede machine, hun noppen dreunden op de vochtige grasmat terwijl ze de oefeningen met een haarscherpe focus uitvoerden. Het ritme van hun bewegingen – de plof van de bal, de gebafte commando's – was een taal die George zo goed kende dat het praktisch in zijn DNA gegrift zat.

Hij stond te popelen om mee te doen, maar dit was niet zijn plek, niet zijn club. Hij was hier alleen als gast, en alleen al de aanwezigheid van de Australische aanvoerder zorgde ervoor dat sommige jonge spelers met grote ogen stonden te kijken en stonden te springen om indruk te maken. Hij hoefde geen blessure te riskeren als een van hen naast zijn schoenen ging lopen in een roekeloze tackle.

'Nog steeds die onrust in je lijf, maat?' vroeg Tommy, die naast hem verscheen als een soort sjofel orakel. Zijn getekende gezicht straalde van stil vermaak, met lachrimpeltjes in de hoeken van zijn bruine ogen.

George proestte het uit, hoewel zijn blik op het veld gericht bleef. 'Ik denk dat ik dat altijd zal hebben.'

'Dat dacht ik al.' Tommy sloeg zijn armen over elkaar, zijn houding ontspannen maar bewust. Hij keek een moment naar de spelers voordat hij, op een schijnbaar achteloze toon, verderging. 'Waar denk je tegenwoordig aan? Behalve de volgende wedstrijd dan, bedoel ik.'

'Behalve rugby?' herhaalde George, bijna verrast door de vraag. Hij bleef in de lucht hangen, zwaarder dan hij had verwacht.

'Ja. Behalve rugby,' zei Tommy met een veelbetekenende blik. 'Je zult niet voor altijd spelen, weet je. Dit,' hij gebaarde naar het veld, 'coachen was mijn keuze, maar op de een of andere manier zie ik dat niet voor jou weggelegd. Wat ga je doen?'

George fronste en verplaatste zijn gewicht van de ene voet naar de andere. Hij had zichzelf niet echt toegestaan om daar diep over na te denken, over wat er zou komen na dit leven dat hij had opgebouwd met bloed, zweet en meer blessures dan hij wilde tellen. 'Weet ik niet,' gaf hij ten slotte toe. 'Heb er niet echt veel over nagedacht.'

'Nou, misschien wordt het tijd dat je dat doet,' antwoordde Tommy. 'Je hebt nu meer in je leven dan alleen de sport, nietwaar?'

George' borstkas voelde lichtjes beklemd. *Myst*. De gedachte aan haar veroorzaakte een scherpe, pijnlijke steek in zijn binnenste. Hij knikte afwezig, nog steeds naar de spelers kijkend, hoewel zijn gedachten ver weg waren.

'Kijk nou naar ze,' zei Tommy, terwijl hij naar het veld gebaarde. 'Ze werken zich uit de naad, op jacht naar iets dat groter is dan zijzelf. Dat is wat het de moeite waard maakt, toch? Alles geven voor iets waar je van houdt.'

'Ja,' mompelde George, zijn stem zwak. Zijn ogen volgden een jonge winger die als een bliksem naar voren schoot, een pass ving en langs de verdediging snelde. De pure vastberadenheid van de jongen raakte een diepe snaar bij hem.

Het deed hem denken aan Myst, de manier waarop ze zich op het podium bewoog, haar aanwezigheid elektrisch en onwrikbaar. Ze joeg haar dromen na met hetzelfde vuur als deze spelers, en gaf zich volledig over aan elke noot, elke songtekst. En had hij dat vanaf het begin niet juist in haar bewonderd? Haar lef, haar passie, haar weigering om genoegen te nemen met minder dan buitengewoon?

'Ze werkt net zo hard als ik ooit heb gedaan,' mompelde hij binnensmonds, zich amper bewust dat hij hardop had gesproken.

'Wat zei je?' vroeg Tommy, die zich met een opgetrokken wenkbrauw naar hem omdraaide.

'Niets,' loog George snel, hoewel zijn kaken zich aanspanden. Het was geen gesprek dat hij wilde voeren, nog niet in ieder geval. Maar de waarheid kolkte in zijn borst, nu onmiskenbaar: hij was oneerlijk geweest tegenover Myst.

En de absolute waarheid was dat zijn carrière een houdbaarheidsdatum had. Die van haar niet. Zou hij over drie, vijf of zeven jaar, of wanneer hij zijn kicksen aan de wilgen zou hangen, alleen willen zijn? Zou hij dan om zich heen kijken en zich realiseren dat als hij het maar had geprobeerd, hij het leven dat daarna kwam met Myst had kunnen delen?

Tommy drong gelukkig niet verder aan. In plaats daarvan gaf hij George een stevige klap op zijn rug. 'Denk er maar over na, maat. Je mag best meer dan één ding willen, weet je.'

Terwijl Tommy naar de coachingstaf liep, bleef George aan de grond genageld staan en keek hij met nieuwe ogen naar de spelers. Ze waren niet alleen aan het trainen, ze waren iets aan het opbouwen, steen voor steen, met elke pass en tackle. Een carrière, een team, een toekomst.

En misschien kon hij dat ook. Als hij bereid was ervoor te vechten.

De pen zweefde boven de pagina, licht trillend in Mysts kleine hand. Het dagboek lag op haar schoot, de leren omslag zacht en versleten door jaren van gebruik, de pagina's gevuld met halve liedjes en neergekrabbelde gedachten. Haar vingers tikten rusteloos tegen de pen, een staccatoritme dat de chaos in haar verraadde.

'Ugh,' kreunde ze, haar hoofd dramatisch naar achteren gooiend met een zucht die elke diva-uitbarsting kon evenaren. 'Dit is onmogelijk.'

'Er is niets onmogelijks aan jouw dramatische gedrag,' merkte Jessie schamper op vanaf de andere kant van de kamer, zonder op te kijken van haar telefoon. Ze lag languit in een fauteuil, haar benen nonchalant over één kant geslagen. 'Maar ga alsjeblieft door. Ik hang aan je lippen.'

Myst wierp haar nicht een boze blik toe, al zat er geen echt venijn in. 'Ik meen het. Ik kan niet... ik weet niet wat ik moet zeggen.' Ze gebaarde hulpeloos naar de lege pagina. 'Het zit allemaal gewoon... hier vast.' Ze tikte met de pen op haar borst, haar stem brak bij het laatste woord.

Jessie keek eindelijk op en kneep haar lichtblauwe ogen samen. 'Nou, misschien als je zou stoppen met mokken en daadwerkelijk iets tegen hem zou zeggen in plaats van nog een tragische ballade te schrijven, zou je wel verder komen.'

'Niet bepaald behulpzaam,' mompelde Myst, maar haar wangen kregen een roze blos. Jessie had geen ongelijk, niet helemaal in ieder geval. Toch draaide haar maag om bij de gedachte om contact op te nemen met George. Wat zou ze überhaupt zeggen? *Hé, sorry dat ik een complete puinhoop van een vriendin was. Vergeef me alsjeblieft en negeer ook de roddelbladen die vol staan over mij en Antoine, hij is eigenlijk een engerd?*

Nee. Dat kon ze niet. Nog niet.

'Oké, prima,' zei Jessie, terwijl ze haar benen van de stoel zwaaide en in één vloeiende beweging opstond. Ze stak met vastberaden stappen de kamer over en griste het dagboek van Mysts schoot voordat ze kon protesteren. 'Als je hem niet gaat bellen, maak dan tenminste dat verdomde liedje af. Je loopt al dagen te sippen in dit appartement! Schrijf je gevoelens op of ga ze persoonlijk tegen hem schreeuwen. Maar kies één van de twee, want ik kan deze sfeer niet veel langer verdragen.'

'Jess!' Myst deed een uitval naar het dagboek, maar Jessie hield het net buiten haar bereik en grijnsde als de kwelling die ze was. 'Geef terug!'

'Niet voordat je toegeeft dat ik gelijk heb.'

'Prima! Je hebt gelijk, oké?' snoof Myst, terwijl ze haar armen over elkaar sloeg en pruilde als een kind. 'Blij nu?'

'Extatisch,' antwoordde Jessie droog en gaf het dagboek terug. 'En nu aan het werk. En maak het niet te verdrietig, we hebben al genoeg liedjes over een gebroken hart op de wereld.'

Myst rolde met haar ogen, maar kon de kleine glimlach die aan haar lippen trok niet onderdrukken. Hoezeer Jessies harde, maar liefdevolle aanpak haar ook op de zenuwen werkte, het was precies wat ze nodig had. Ze haalde diep adem en nestelde zich weer op de bank, de pen opnieuw boven de pagina.

Deze keer kwamen de woorden gemakkelijker. Ze stroomden er in een vlaag uit, rauw en ongefilterd: spijt, verlangen, liefde, allemaal verstrikt in een melodie die leek te wachten tot ze hem zou vinden. Ze neuriede zachtjes voor zich uit terwijl ze schreef, de melodie kreeg vorm in haar hoofd. Het was niet perfect, nog niet, maar het was eerlijk. En dat was genoeg.

'Oké, dat is beter,' zei Jessie na een tijdje, luisterend naar hoe Myst de noten binnensmonds neuriede. 'Nog steeds een beetje sip, maar ik sta het toe. Dus, ga je het naar hem sturen of niet?'

Myst verstijfde, de pen glipte uit haar vingers. Het idee om iets naar George te sturen, laat staan dit diep persoonlijke, pijnlijk kwetsbare liedje, bezorgde haar een rilling. 'Ik weet het niet,' gaf ze zachtjes toe. 'Wat als hij niets van me wil horen?'

'Dan is hij een idioot,' zei Jessie zonder aarzeling. 'Maar je zult het nooit weten als je het niet probeert.'

Myst kauwde op haar onderlip, haar hart bonsde luid in haar borst. Jessie liet het zo eenvoudig klinken, maar dat was het niet. Dat kon het niet zijn. Wat als ze contact zocht en het alleen maar erger maakte? Wat als...

'Hou op met denken,' onderbrak Jessie haar, alsof ze haar gedachten las. 'Je gaat spiraalsgewijs doordraaien, en dan zijn we weer terug bij af. Weet je wat... slaap er een nachtje over of zo. Maar wacht niet te lang, oké? Het leven is kort, meid.'

'Ja,' mompelde Myst, haar stem nauwelijks een fluistering. 'Oké.'

Maar naarmate de nacht vorderde en de lichten van Parijs buiten haar raam vervaagden tot een wazige gloed, besefte Myst dat ze niet kon wachten. Niet langer. Angst had haar te lang verlamd gehouden, en als ze de boel met George wilde rechtzetten, moest ze nu handelen. Voordat het te laat was.

'Jessie,' zei ze plotseling, en ze liet haar nicht schrikken, die op de bank in slaap was gedommeld. 'Ik ga naar Toulouse.'

Jessie knipperde suf met haar ogen, ging rechtop zitten en wreef in haar ogen. 'Wacht, wat? Nu meteen?'

'Ja. Morgen. De eerste de beste vlucht,' zei Myst, haar stem vastberaden ondanks de vlinders die door haar buik zwermden. 'Ik moet hem zien. Ik moet dit goedmaken.'

Voor een keer maakte Jessie geen ruzie en plaagde ze niet. Ze knikte alleen, met een kleine glimlach om haar lippen.

'Werd tijd,' zei ze. En na een korte stilte: 'Zal ik wat snacks inpakken?'

Myst lachte, een heldere, oprechte lach die klonk als de zon die door de wolken brak. Voor het eerst in dagen had ze het gevoel dat ze weer kon ademen. En toen ze haar dagboek dichtsloeg en opzijlegde, wist ze één ding zeker: ze zou de angst niet laten winnen.

De deurbel ging, het vrolijke geluid ervan sneed door het gerammel van borden en het geroezemoes van de gesprekken in Tommys eetkamer. Zonlicht stroomde door de ramen en ving de glans op van het bestek en de halflege glazen die over de tafel verspreid stonden. Tommys jongste was bezig met een levendige poging om frietjes van het bord van de tweeling te pikken, wat een koor van protest en gelach veroorzaakte.

'George, maat, kijk jij even wie er is?' riep Tommy vanaf zijn plek aan tafel, terwijl hij een servet pakte om een veeg ketchup van de wang van zijn jongste te vegen.

'Ja, hoor,' mompelde George, terwijl hij zijn stoel naar achteren schoof. Maar voordat hij kon opstaan, kwam Elisa de keuken binnen met de kom pasta die ze voor hem en Tommy had gemaakt.

'Ik ga wel. Blijf maar zitten,' zei ze, terwijl ze de kom neerzette en langs hen naar de deur van de gang liep. Haar ogen schoten naar George. 'Verwacht je een beroemdheid, George?' plaagde ze hem luchtig, haar toon speels, maar scherp genoeg om hem ongemakkelijk op zijn stoel te laten schuiven.

'Lijkt me sterk,' mompelde George terwijl hij achterover-leunde, zijn hand klemde zich om zijn glas water. Jessie wist waar hij was, maar Myst? Die zou hier niet opduiken. Toch greep een vreemde beklemming zijn borst; hoop, kwetsbaar en onwelkom.

Toen klonk er zachtjes een stem uit de gang. Een zachte, bekende stem.

'Is George hier?'

Georges adem stokte. Het gepraat aan tafel verstomde, maar hij merkte het nauwelijks. Elke spier in zijn lichaam spande zich aan, als na een harde tackle. Die stem. Het kon haar niet zijn. Het kon niet echt zijn.

'George!' blafte Tommy, hem uit zijn roes halend. 'Maat, je hebt... eh... bezoek. Wil je dat ik...?'

Maar George stond al op, zijn polsslag bonkte in zijn oren terwijl hij met lange, haastige passen de kamer doorkruiste. Hij sloeg de hoek om naar de gang en verstijfde.

Myst stond in de open deuropening, omlijst door het zon-licht dat om haar heen naar binnen viel. Haar donkere haar viel over haar schouders, een beetje in de war door het middagbriesje. Het lichtblauw van haar ogen zocht de zijne, groot en onzeker. Ze zag er... klein uit. Nerveus. Alsof ze niet zeker wist of ze hier thuishoorde of dat ze zojuist de grootste fout van haar leven had gemaakt.

'Hoi,' zei ze zacht, haar stem nauwelijks meer dan een fluistering. Ze slikte moeizaam, haar vingers klemden zich vaster om de band van haar tas. 'Ik...' Ze aarzelde, haar blik wankelde, voordat die weer op de zijne gericht was. 'Ik moest je zien.'

'Verdomme,' ademde George, zijn stem zwak, en hij vergat Elisa die vlak achter hem stond, of Tommy, die hem vanuit de eetkamer was gevolgd, volledig.

'Nou,' kwam Elisa er zachtjes tussen, terwijl ze haar armen over elkaar sloeg. 'Dit voelt... belangrijk.' Ze keek naar Tommy, die haar een veelbetekenend knikje gaf, voordat ze zich omdraaide naar hun twee kinderen, die nieuwsgierig om de hoek keken. 'Oké, allemaal,' zei ze, en klapte in haar handen. 'Laten we deze twee wat ruimte geven. Terug naar de tafel, nu.'

'Maar...' begon een van de tweeling, maar Elisa bracht hen met een strenge blik tot zwijgen.

'Geen tegenspraak,' voegde Tommy eraan toe en joeg hen terug de eetkamer in. Hij gaf George een subtiel knikje voordat hij zijn gezin achterna verdween, waardoor de gang plotseling pijnlijk stil werd.

Nu waren ze met z'n tweeën. Myst verplaatste haar gewicht, haar vingers balden en ontspanden zich om de band van haar tas, terwijl haar ogen van hem weggleden en weer terugschoten.

'Kunnen we praten?' vroeg ze, haar stem beefde net genoeg om de moeite te verraden die het kostte om de woorden uit te spreken.

'Ja,' bracht George uit, hoewel zijn mond droog aanvoelde en zijn tong zwaar. 'Ja, we kunnen... eh, achter. De tuin is waarschijnlijk het best.'

'Oké,' zei Myst, en ademde uit alsof ze urenlang haar adem had ingehouden. Ze volgde hem zwijgend terwijl hij haar door het gezellige huis leidde, langs de aanhoudende geur van net gebakken friet en worstjes in de keuken, tot ze het terras op stapten.

George stopte bij een van de stoelen bij de tafel en draaide zich naar haar om.

'Hier is prima,' zei hij, hoewel de woorden stijf aanvoelden. Hij stak zijn handen in zijn zakken, onzeker wat hij ermee, of met zichzelf, aan moest.

Myst ging op de rand van de tuinstoel zitten, haar handen verstrengeld in haar schoot alsof ze anders uit elkaar zouden vliegen. Ze keek op naar George, die niet van zijn plek was gekomen en een paar meter verderop stond, zijn brede schouders gespannen. De stilte tussen hen rekte zich uit als een elastiek dat op het punt stond te knappen.

'Goed,' zei ze zacht, en brak als eerste de stilte, haar accent krulde om het woord heen. 'Dan... val ik maar meteen met de deur in huis.'

George knikte stijf, de spieren langs zijn kaaklijn werkten alsof hij elk mogelijk antwoord overwoog en er geen enkele vond die paste. Hij verplaatste zijn gewicht, maar bleef staan, zijn handen nog steeds diep in zijn zakken begraven.

'Kijk,' begon Myst opnieuw, haar stem werd nu steeds vaster, 'ik weet dat ik waardeloos ben geweest in...' Ze zweeg, een wrange glimlach verscheen om haar lippen die haar lichtblauwe ogen niet helemaal bereikte. 'Nou ja, in mezelf uitleggen. Om jou toe te laten in mijn wereld. En dat is niet eerlijk tegenover jou. Absoluut niet.'

George fronste lichtjes, zijn blik werd scherper maar niet onvriendelijk. Hij opende zijn mond, misschien om haar tegen te spreken, maar ze hield een hand op, fijn en licht trillend, om hem te stoppen.

'Laat me uitpraten,' zei ze, haar woorden klonken bijna smekend. 'Alsjeblieft, George, ik moet dit eruit gooien voor ik de moed verlies.'

Hij knikte weer, dit keer langzamer, zijn uitdrukking verzachtte terwijl hij eindelijk op de stoel tegenover haar ging zitten. Het schrapen van metalen poten over de tegels was luid, maar geen van beiden kromp ineen.

'Ik heb zo'n groot deel van mijn leven besteed aan het najagen van deze droom,' vervolgde Myst, haar vingers draaiden nu aan de zoom van haar trui in plaats van in elkaar. 'Muziek is alles voor me; het is hoe ik dingen begrijp, hoe ik contact maak met mensen, hoe ik vooruit blijf gaan als al het andere te groot of te rommelig voelt.' Haar ogen schoten omhoog om de zijne te ontmoeten, hun gebruikelijke helderheid afgestompt door het gewicht van wat ze zei. 'Maar ergens onderweg raakte ik er zo aan gewend om dat deel van mij te beschermen, om het apart te houden, dat ik niet besefte dat ik jou buitensloot.'

'Ja,' mompelde George, zijn stem schor en laag. 'Dat heb ik gevoeld.'

Haar keel kneep samen bij de stille erkenning, maar ze dwong zichzelf door te gaan. 'En ik haat het dat ik je zo heb laten voelen. Alsof je niet belangrijk genoeg was om alles te zien, de goede en de lelijke kanten. Want dat is niet waar, George. Jij bent...' Ze stokte, op zoek naar de juiste woorden, die niet te klein of te groots zouden klinken. 'Jij bent de enige persoon die me ooit heeft doen denken dat er misschien meer in het leven is dan alleen muziek. En jou verliezen, zelfs de gedachte eraan...' Haar stem brak lichtjes en ze keek naar haar schoot, terwijl ze hard knipperde. 'Het maakt me banger dan wat dan ook ooit heeft gedaan.'

Een lang moment zei George niets, en de stilte drukte als een gewicht op haar borst. Toen ze eindelijk weer naar hem op durfde te kijken, zag ze iets in zijn uitdrukking verschuiven. Iets rauws, onbewaakt op een manier die ze, voor zover ze wist, nog nooit had gezien.

'Verdomme, Myst,' mompelde hij, en leunde nu naar voren, zijn onderarmen rustend op zijn knieën. 'Denk je dat ik ook niet bang word? Dat ik hier niet helemaal kapot van ben geweest?'

Haar voorhoofd fronste, verwarring flikkerde over haar gezicht. 'Wat bedoel je?'

'Ik bedoel,' zei hij met een scherpe uitademing, 'dat ik een stomme idioot ben geweest wat ons betreft. Ik liet mijn onzekerheden de overhand nemen en ik vertrouwde je niet zoals ik had moeten doen. Ik was jaloers.' Hij haalde een hand door zijn haar, waardoor het warrig werd op een manier die hem er nog kwetsbaarder uit liet zien. 'En ik bleef maar verwachten dat jij je in alle bochten zou wringen om dit te laten werken, zonder erbij na te denken hoe onmogelijk dat is.'

'George...' fluisterde Myst, haar stem nauwelijks hoorbaar.

'Nee, laat mij nu uitpraten,' zei hij, zijn toon was ferm maar niet hard. Zijn intense blauwe ogen keken haar on-wankelbaar aan. 'Je hebt keihard gewerkt voor alles wat je hebt bereikt en daar ben ik verdomd trots op. Maar ik liet me meeslepen door hoe moeilijk het allemaal voelde; hoe verschillend onze levens zijn, hoe onmogelijk het leek om ze samen te voegen. En dat ligt aan mij. Niet aan jou.'

Myst staarde hem aan, haar hart klopte pijnlijk in haar borst. Ze wilde iets zeggen, wat dan ook, maar de brok in haar keel was te dik geworden.

'Het spijt me, Myst,' zei George zacht, zijn stem was nu zachter. 'Het spijt me dat ik je het gevoel gaf dat je moest kiezen. Dat ik niet beter was. En dat ik je niet eerder heb verteld hoeveel je voor me betekent.'

'George,' bracht ze eindelijk uit, haar stem was krakerig maar vastberaden, 'je hoeft je niet alleen te verontschuldigen. Dit ligt niet alleen aan jou. Het ligt aan ons beiden.' Ze reikte over de kleine tafel, haar vingers raakten voorzichtig de rug van zijn hand, alsof ze niet zeker wist of ze het recht had verdiend om hem weer aan te raken.

Zijn hand draaide zich, met de palm naar boven, en sloot zich zachtjes om de hare, eeltig en warm. De verbinding was klein maar stevig, en aardde hen beiden te midden van het kwetsbare moment.

'Misschien,' zei George na een korte stilte, zijn lippen kromden zich tot een vage, aarzelende glimlach, 'zijn we hier allebei een beetje waardeloos in geweest.'

'Misschien,' stemde Myst in, een sprankje licht keerde terug in haar ogen. 'Maar we zijn hier nu. Dat moet toch voor iets tellen, nietwaar?'

'Ja,' zei hij, en kneep zachtjes in haar hand. 'Ja, dat doet het.'

Hoofdstuk Elf

GEORGE BLIES HOORBAAR UIT terwijl hij het gevoel van Mysts hand weer in de zijne tot zich liet doordringen en er een vage, zelfspottende glimlach om zijn lippen speelde. 'Dit is belachelijk, weet je. Ik bedoel, kijk nou naar ons. Jij bent een... superster!' Hij maakte een vaag gebaar naar haar met zijn vrije hand. 'Miljoenen mensen schreeuwen elke avond je naam en ik ben maar een of andere vent die voor zijn beroep achter een ovale bal aan rent.'

'Zomaar een vent?' Myst trok een wenkbrauw op en er verscheen een klein glimlachje om haar lippen. 'Jij bent *dé* vent, George Dennis. Aanvoerder van je land. Australisch Speler van het Jaar. Ik weet vrij zeker dat er ook een behoorlijk aantal mensen jouw naam schreeuwen.'

'Dat is niet helemaal hetzelfde', zei George en hij schudde zijn hoofd. 'Niemand schrijft verhalen over wat ik draag naar de training of speculeert met wie ik uitga.' Zijn glimlach vervaagde een beetje en hij liet zijn blik zakken. 'En niemand maakt alles waar ik om geef met de grond gelijk, alleen maar omdat het niet in hun plaatje past van hoe mijn leven eruit zou moeten zien.'

'George...' Myst kneep in zijn hand. 'Het kan me niet schelen wat ze zeggen. De roddelpers niet, mijn PR-team niet, niemand niet. Jij bent degene met wie ik wil zijn. *Jij*. Niet de man die zij denken dat je bent, niet de versie van jou waar ze misschien ooit over zullen schrijven. Alleen jij.'

Haar woorden raakten hem als een stoot tegen zijn borst en maakten iets in hem los waarvan hij niet eens wist dat hij het had vastgehouden. Hij keek haar aan, zijn keel dichtgeknepen. 'Dat zeg je nu, maar wat gebeurt er als de krantenkoppen erger worden? Als het moeilijker voor je wordt doordat je met mij bent?'

'Laat ze maar komen', zei ze fel, haar kleine lichaam trilde bijna van vastberadenheid. 'Ik heb jarenlang andere mensen laten bepalen hoe ik leef, altijd proberend om die onmogelijke balans te vinden tussen mezelf zijn en zijn wat zij van me willen. Maar dat kan ik niet meer, niet als het om jou gaat. Dat doe ik niet.'

'Verdorie, Myst.' George ging met een hand door zijn haar en wreef over zijn nek alsof hij de spanning die zich daar opbouwde kon wegmasseren. 'Je verdient beter dan dit, beter dan ik. Iemand die niet al die bagage met zich meedraagt.'

'Hou op.' Ze strekte haar hand uit, haar vingers krulden zich zachtjes om zijn pols, waardoor hij kalmeerde. 'Jij beslist niet wat ik verdien, George. Dat is mijn keuze, en ik kies jou. Ingewikkeld, rommelig, *perfect*... jou.'

Even kon hij niets zeggen. Kon hij niet bewegen. Hij kon alleen maar naar haar staren, naar deze kleine, briljante natuurkracht die hem op de een of andere manier had gekozen, ondanks alle redenen waarom ze dat niet zou moeten doen. En toen, langzaam, legde hij zijn vrije hand over de hare, zijn greep stevig maar voorzichtig, alsof ze zou wegglippen als hij haar te stevig vasthield.

'Oké', zei hij zacht, zijn stem schor van emotie. 'Maar ik moet het beter doen. Voor jou, voor ons. Ik ga eraan werken. De jaloezie, de onzekerheden... alles. Ik ga het oplossen. Zelfs als ik daarvoor uit mijn comfortzone moet stappen.'

'Goed', zei ze eenvoudig, haar glimlach werd zachter. 'Want ik ga nergens heen. Tenzij je me dat zegt.'

'Nooit', mompelde hij, zijn hart bonkte in zijn borstkas toen hij naar voren leunde en de afstand tussen hen verkleinde. Hun voorhoofden raakten elkaar eerst aan, het contact was subtiel en toch elektrisch, en toen lagen zijn lippen op de hare, eerst aarzelend maar al snel dieper, terwijl het gewicht van de afgelopen weken wegsmolt.

Op dat moment deed niets er meer toe, niet de roddelpers, niet de schema's, niet de onmogelijk hoge inzet van hun levens. Het waren alleen zij, verstrengeld in een rustige tuin in Toulouse, elkaar kiezend ondanks de chaos die om hen heen wervelde.

George wist niet helemaal zeker hoe ze weer binnen waren gekomen. Het ene moment waren ze in de tuin, haar lippen zacht en dwingend op de zijne, haar kleine handen die zich in de stof van zijn shirt klauwden alsof ze hem alleen al door pure wilskracht dichterbij kon trekken. Het volgende moment struikelde hij achteruit door de gang van Tommy's huis, terwijl Mysts lach de stille lucht vulde als muziek die alleen voor hem werd gespeeld.

'Voorzichtig', plaagde ze terwijl zijn schouder tegen de deurpost stootte, haar stem had die zangerige melodie die hem altijd onderuithaalde. Haar vingers krulden zich om de kraag van zijn shirt en trokken hem omlaag voor nog een kus voordat hij een antwoord kon vinden. Niet dat hij dat erg vond, woorden leken volkomen overbodig als ze zo dichtbij was, haar aanwezigheid vulde elke hoek van zijn aandacht.

'Jouw schuld', mompelde hij tussen de kussen door, zijn eigen handen vonden de ronding van haar middel, waar ze pasten alsof ze er thuishoorden. 'Je leidt me af.'

'Goed', fluisterde ze tegen zijn mond, haar adem warm en zoet terwijl haar vingers door de korte haren in zijn nek woelden. 'Ik streef naar volkomen onweerstaanbaar.'

'Missie geslaagd', zei George met een lage, onvaste stem, voordat hij er eindelijk in slaagde hen de trap op en door de deuropening naar zijn kamer te manoeuvreren. Zijn hand tastte achter hem om de deur dicht te duwen, en toen waren ze weer alleen, de buitenwereld trok zich terug naar een verre plek waar geen van beiden aan wilde denken.

Myst was meteen bij hem, haar armen om zijn nek geslagen terwijl ze zich strak tegen hem aandrukte. Hij boog een beetje om haar lengte te evenaren, zijn grotere postuur omhulde haar fragiele figuur, een contrast dat op de een of andere manier net zo natuurlijk aanvoelde als ademhalen. Haar geur, iets bloemigs met een vleugje kruiden, omhulde hem, bedwelmend, rustgevend.

'Vind je nog steeds dat we te verschillend zijn?', vroeg ze zacht, haar lippen streelden de hoek van zijn mond, plagend.

'Niet hier', antwoordde George, een grijns verscheen terwijl zijn handen langs haar zijkanten omhoog gleden, zijn duimen streelden de rand van haar ribben. 'Nooit hier.' Hij boog zijn hoofd dichterbij, zijn lippen bijna weer op de hare voordat hij even stopte, zijn stem veranderde in iets lichters, nu plagend. 'Eigenlijk denk ik niet dat we hier ooit verschillen hebben gehad. Dit is misschien wel de enige plek waar we het altijd over eens zijn geweest.'

Myst leunde net ver genoeg achterover om hem aan te kijken, haar lichtblauwe ogen fonkelden van vermaak, haar lippen krulden in een glimlach die zowel ondeugend als volkomen ontwapenend was. 'O, is dat zo?', vroeg ze, haar hoofd schuin houdend in schijnbare overweging. 'Nou, dan hebben we in ieder geval altijd dit, hè?' En voordat hij een gevat antwoord kon bedenken, trok ze hem met verrassende kracht naar voren, waardoor hij samen met haar op het bed viel.

Zijn lach rolde laag en ongeremd terwijl ze in een kluwen van ledematen belandden. 'Jij bent een lastpak', zei hij, maar de grijns op zijn gezicht verraadde hoe weinig hij het meende.

'Misschien', gaf Myst toe, haar stem nu zachter, haar plagerij vervangen door iets warmers, diepers. Ze bracht haar hand omhoog om zijn wang te strelen, haar duim volgde de lijn van zijn kaak terwijl haar uitdrukking verzachtte. 'Maar je kunt me prima aan, George Dennis.'

'Meer dan prima', fluisterde hij terug, en hij boog zich voorover tot er geen ruimte meer tussen hen was.

Het voelde deze keer anders, toen hij haar uitkleedde, zijn tijd nam en elke centimeter huid die hij blootlegde kuste. Het was bijna weer als de eerste keer tussen hen, maar zonder de onhandigheid, de angst om dingen verkeerd te doen. Vol verwondering en tederheid en passie... als een nieuwe start, dacht George, tenminste tot Myst haar geduld verloor omdat hij zo langzaam ging en haar benen om zijn middel sloeg, hem naar zich toe trok, en toen had hij geen hersencapaciteit meer over voor enige gedachte.

George's vingers tekenden lome patronen op Mysts rug, de toppen ervan streelden haar huid nauwelijks, alsof hij elke ronding, elke welving uit zijn hoofd leerde. Haar donkere haar viel over het kussen en op zijn borst, een waterval van golven die in de war waren geraakt door zijn handen die het niet zo lang geleden hadden vastgegrepen. De kamer gonsde van een stilte die niet gevuld hoefde te worden, hun ademhaling was langzaam, hun lichamen nog steeds dicht tegen elkaar gedrukt, in elkaar passend alsof ze voor dit precieze moment gemaakt waren.

'Hou op zo naar me te kijken', mompelde Myst, haar stem gedempt tegen zijn sleutelbeen, maar warm van vermaak.

'Hoe dan?', vroeg George, zijn mondhoeken krulden omhoog terwijl hij zijn hoofd schuin hield om naar haar te kijken.

'Alsof je probeert uit te zoeken of ik echt ben of niet', plaagde ze en ze tilde haar gezicht net genoeg op zodat hij de vage grijns op haar lippen kon zien. 'Ik beloof je dat ik dat ben.'

'De jury is er nog niet uit', antwoordde hij. Hij streek een haarlok uit haar gezicht zodat hij haar duidelijker kon zien. Haar lichtblauwe ogen ontmoetten de zijne, en iets in zijn borstkas trok samen, niet op een onprettige manier, maar op een manier die hem deed afvragen hoe hij ooit had gedacht zonder haar te kunnen leven.

'Nou, als je blijft staren, jaag je me misschien nog weg', grapte ze luchtig, hoewel haar eigen blik niet wankelde.

'Geen schijn van kans', zei George, zijn stem werd lager, ruwer. Hij liet de woorden tussen hen in hangen, onuitgesproken beloftes en al het andere waar ze nog niet uit waren. En toen kuste hij haar opnieuw, langzaam en slepend, alsof hij alle tijd van de wereld had.

De geur van koffie was het eerste wat George rook toen hij de volgende ochtend de keuken binnenliep, op blote voeten en nog bezig zijn shirt aan te trekken. Tommy zat al aan tafel, een mok in zijn hand en een veelbetekenende grijns op zijn gehavende gezicht. Elisa stond bij het fornuis pannenkoeken om te draaien terwijl hun twee kinderen giechelden om iets onbegrijpelijks aan het andere eind van de tafel.

'Morgen, Romeo', zei Tommy, zijn grijns werd breder toen George midden in een stap verstijfde.

'Begin niet', waarschuwde George, hoewel de hoek van zijn mond tegen zijn zin in omhoog trok. Hij keek over zijn schouder net op het moment dat Myst in de deuropening verscheen, haar haar rommelig opgestoken en een van zijn te grote rugbyshirts losjes om haar tengere figuur. Ze leek volkomen misplaatst in de nederige chaos van Tommy's keuken, en toch alsof ze er thuishoorde.

'Goedemorgen!', piepte Myst vrolijk, langs George glijdend om een mok van het aanrecht te pakken. Toen ze zich omdraaide om een stralende glimlach naar Tommy te werpen, zwoer George dat zijn oude teamgenoot zich bijna verslikte in zijn koffie.

'Is dat jouw shirt dat ze draagt?', vroeg Tommy op een spottend serieuze toon, terwijl hij naar George wees.

'Staat haar beter, vind je niet?', kaatste George vlot terug, wat een verrukte lach van Myst en een gekreun van Tommy opleverde.

'Oké, oké, rustig maar', onderbrak Elisa met een goedmoedige rol met haar ogen, terwijl ze een bord met pannenkoeken op tafel zette. 'Laat ze eten voordat je ze gaat uithoren alsof het een ondervraging is.'

'Dank je, Elisa', zei Myst liefjes, ze ging naast George zitten en gaf hem een speels duwtje onder de tafel. 'En het spijt me dat ik, uhm, gistermiddag van je verdween.'

George kon niet anders dan bewonderen hoe ze zich gedroeg, moeiteloos charmant, zelfs wanneer ze in het diepe werd gegooid.

Terwijl het ontbijt voortduurde, veranderde het geplaag in een ontspannen gesprek. Tommy's kinderen bestookten Myst met vragen over haar muziek ('Wat is je favoriete nummer dat je ooit hebt geschreven?', 'Ken je Taylor Swift?'), en George merkte dat hij weer naar haar keek, zich verwonderend over hoe naadloos ze in dit kleine stukje normaliteit paste. Het was niet glamoureus of in scène gezet, maar het was echt. En misschien was dat de reden waarom het zo belangrijk voelde.

'Hé', zei Myst zacht, en ze haalde hem uit zijn gedachten. Haar uitdrukking veranderde, serieuzer nu, hoewel haar ogen nog steeds fonkelden met de warmte die hem in de eerste plaats tot haar had aangetrokken. 'Dus, ik heb een paar dagen vrij voor mijn volgende concert... in Rome, eigenlijk. Zou je met me mee willen?'

'Rome?', herhaalde George, terwijl hij een wenkbrauw optrok. 'Je bedoelt, zoals... Italië?'

'Ja, George', zei ze lachend. 'Italië. Je hebt er wel eens van gehoord, toch?'

'Grappig', zei hij droog, hoewel een glimlach aan zijn lippen trok. Hij leunde achterover in zijn stoel en bekeek haar een moment. 'Wil je echt dat ik meekom?'

'Natuurlijk wil ik dat.' Haar stem werd zachter, haar hand zocht de zijne onder de tafel. 'Ik wil dat we meer hebben dan alleen... gestolen momenten, weet je? Zelfs al is het maar voor een paar dagen.'

Hij staarde haar nog een tel aan, knikte toen, zijn beslissing voelde zo natuurlijk als ademen. 'Oké. Laten we naar Rome gaan.'

Haar grijns verlichtte de hele kamer, en George kon niet anders dan het gevoel hebben dat hij zojuist de beste keuze van zijn leven had gemaakt.

Hoofdstuk Twaalf

DE TREIN ZOEMDE GESTAAG onder hen, terwijl hij hen door Zuid-Frankrijk richting Italië voerde. Myst leunde tegen het raam, met haar benen onder zich opgetrokken, terwijl ze afwezig door haar telefoon scrolde, en George tegenover haar zijn lange lijf strekte, met één been schuin in het gangpad. Hij had een paperback met rugby-memoires in zijn ene hand en een zakje gummiberen in de andere.

'Denk jij ooit *niet* aan rugby?' plaagde Myst, toen hij pauzeerde om nog een gummibeer uit het zakje te vissen en in zijn mond te stoppen. Haar lichtblauwe ogen fonkelden ondeugend toen ze naar het boek wees. 'Zelfs tijdens een romantische treinreis door het Franse platteland ben je strategieën aan het bedenken.'

George keek op en deed alsof hij geschandaliseerd was, zijn diepe stem vol gespeelde verontwaardiging. 'En denk jij ooit *niet* aan Instagram? Je zit al de halve reis aan dat ding vastgeplakt. Wat ben je aan het doen, controleren of je volgers je snackkeuze goedkeuren?'

'Ten eerste,' zei Myst, en ze stak een vinger op terwijl ze probeerde niet te lachen, 'was ik een e-mail aan het beantwoorden. Ten tweede vinden mijn fans het geweldig om te weten wat ik aan het snacken ben, dank je wel. En ten derde,' liet ze de telefoon met een dramatisch gebaar met het scherm naar beneden op de tafel vallen, 'ben ik nu volledig aanwezig voor deze boeiende discussie over gummiberentactieken.'

'Goed.' George stopte een groene gummibeer in zijn mond, kauwde er bedachtzaam op en leunde toen naar voren. 'Want ik kan wel wat advies gebruiken. Welke smaak is de beste teamspeler, de rode of de gele?'

'Geen van beide,' zei Myst zonder een moment te aarzelen. 'Het zijn de oranje. Iedereen onderschat ze, maar uiteindelijk komen ze altijd goed uit de verf.'

'Interessante theorie,' mijmerde hij, terwijl hij plechtig knikte. 'Je zou een prima coach zijn, weet je. Mocht dat hele muziekgedoe niets worden.'

'Ha!' Myst rolde met haar ogen, maar er zat warmte in haar lach. Ze pakte haar schoudertas en trok die op haar schoot. 'Over muziek gesproken... hier.' Ze haalde een versleten leren notitieboekje tevoorschijn, waarvan de randen door jarenlang gebruik gerafeld waren, en sloeg het open op een pagina vol handgeschreven songteksten en kleine krabbeltjes in de kantlijn.

'Wat is dit?' vroeg George, en hij verruilde het zakje gummiberen voor het notitieboekje. Zijn toon veranderde en werd zachter toen hij de kwetsbaarheid in haar uitdrukking zag.

'Gewoon iets waar ik aan heb gewerkt,' zei ze luchtig, hoewel de manier waarop haar vingers op de pagina bleven hangen haar nervositeit verraadde. 'Een liedje. Over jou, eigenlijk.'

'Ik?' Georges wenkbrauwen schoten omhoog, zijn ruige gezicht lichtte op met een mengeling van verrassing en voorzichtige vreugde. 'Nu ben ik geïntrigeerd. Kom op dan, zing het.'

'Geen schijn van kans,' zei Myst lachend terwijl haar wangen roze werden. 'Het is nog niet af. Maar je mag het lezen, oké?'

Ze was van plagerig naar serieus gegaan, en George merkte dat dit belangrijk voor haar was. Misschien wilde ze zijn goedkeuring om hun relatie in haar muziek te stoppen, om het aan de hele wereld te laten zien? Hij slikte, knikte en liet zijn blik naar de pagina zakken.

Ik zag je staan in de gloed van de menigte,Een mooie vreemdeling, maar op de een of andere manier toegestaan om door de muren te breken die ik zo stevig had opgetrokken,Het was niet zomaar een blik, het was liefde op het eerste gezicht.

En toen de wereld luid werd, zei je niets,Maar op de een of andere manier kon jouw stilte me toch laten zingen.

Je was mijn mooie vreemdeling, maar dat ben je niet meer,

Liefde trof me als de bliksem, schokte me tot in mijn kern.

Jij bent de kalmte in de storm, de vonk in mijn strijd,

Nu zing ik elke nacht jouw naam naar de sterren.

'Wauw,' zei George, zijn stem nauwelijks luider dan een fluistering. Hij keek op en staarde haar aan alsof hij haar voor het eerst zag, of haar misschien gewoon begreep op een manier die hij nog niet eerder had gedaan. 'Dat is... ik weet niet eens wat ik moet zeggen, Myst. Het is prachtig.'

'Echt waar?' vroeg ze zacht, terwijl ze het notitieboekje terugpakte en tegen haar borst klemde.

'Echt waar.' Hij reikte over de tafel en zijn grote hand omsloot de hare. 'Ik wist niet dat ik zoveel voor je betekende.'

'Nou, dat doe je,' zei ze, met een verlegen maar oprechte glimlach. 'Dus laat het niet naar je hoofd stijgen, meneer de Speler van het Jaar.'

'Te laat,' zei hij grijnzend, maar de emotie in zijn ogen verraadde hem.

'En... je vindt het goed dat ik erover schrijf en zing?'

'Ik vind het helemaal goed.' Hij kneep in haar hand, met een zekere zelfvoldane voldoening bij de gedachte dat ze voor de hele wereld over hem zou zingen. 'Zolang je Taylor Swift niet nog meer gaat nadoen, ja? Een nummer over een relatiebreuk zou ik minder op prijs stellen.'

Ze barstte in lachen uit en George voelde zijn hart opzwellen van geluk.

Rome verwelkomde hen met open armen; het gouden licht van de stad gaf alles een romantische gloed. Een paar dagen lang dwaalden ze hand in hand, terwijl ze verdwaalden in de geplaveide straatjes en verborgen piazza's.

'Wacht maar tot je dit ziet,' zei Myst op een middag, terwijl ze George door een smal steegje met met klimop begroeide muren leidde. Ze stopte voor een klein café met rieten stoelen die op de stoep stonden. Op een krijtbord stonden in sierlijke letters espresso's en gebakjes. 'Beste koffie ter wereld. Geloof me maar.'

'Dat is nogal wat voor een Australische koffiesnob,' zei George met een opgetrokken wenkbrauw. 'Maar ik geloof je.' Hij glimlachte toen ze hem naar binnen trok, haar opwinding was aanstekelijk.

Die avond baadde de gouden gloed van de ondergaande zon Rome in een warm, amberkleurig licht, waardoor de randen van de oude daken werden verzacht. Myst staarde naar haar spiegelbeeld in de spiegel van hun hotelkamer en frunnikte aan de waterval van donkere golven die haar gezicht omlijstten. Ze trok afwezig aan een lok voordat ze zich omdraaide naar George, die achteloos tegen de deurpost leunde en haar aankeek met een uitdrukking die iets in haar borst deed fladderen.

'Ga je me vertellen waar we naartoe gaan, of moet ik je omkopen met meer espresso-gelato?' plaagde ze, terwijl ze haar ogen tot spleetjes kneep.

'Leuke poging,' antwoordde George. Hij kwam dichterbij en stak zijn handen in zijn zakken alsof hij een groot geheim verborgen hield. 'Maar je zult me voor één keer moeten vertrouwen, nietwaar?'

'Jou vertrouwen?' Myst trok dramatisch een wenkbrauw op, hoewel een mondhoek haar vermaak verraadde. 'Dat zegt de man die me probeerde te overtuigen dat Vegemite op toast een culinair hoogstandje was.'

'Hé,' zei George, met een hand op zijn hart alsof hij gekwetst was. 'Je hebt het niet eens een eerlijke kans gegeven. Ongecultiveerde smaak, dat is het.'

'Ongecultiveerd!' hapte Myst naar adem, terwijl ze deed alsof ze beledigd was, maar haar gegiechel verraadde haar. 'Goed dan. Wijs de weg, meneer Verfijnd.'

George bood haar zijn arm aan met een scheve grijns, en samen vertrokken ze de Romeinse avond in. De straten waren levendig, vol geroezemoes en gelach, en af en toe klonk er accordeonmuziek uit een verre hoek. Myst voelde zich ontspannen terwijl ze hand in hand liepen; de bruisende wereld om hen heen vervaagde, en alleen de stille warmte tussen hen bleef over.

Toen George eindelijk stopte voor een oud stenen gebouw zonder ook maar een bord boven de deur, hield Myst haar hoofd schuin, nieuwsgierig. 'Dit lijkt niet op je gebruikelijke rugbycafé.'

'Dat komt omdat het dat niet is,' zei George, en zijn grijns werd breder toen hij de deur openduwde en haar mee naar binnen nam. Ze liepen een smalle trap op, verlicht door flakkerende kaarsen, waarbij elke trede onder hun gewicht kraakte tot ze op een dakterras uitkwamen.

Myst verstijfde, haar adem stokte toen ze alles in zich opnam. In het midden van het terras stond een enkele tafel, gedekt met kraakwit linnen en omringd door de zachte gloed van lantaarns. Daarachter strekte de skyline van Rome zich eindeloos uit, met koepels en torenspitsen die afstaken tegen de vurige tinten van de schemering. Een violist stond aan de zijkant en speelde iets zachts en pijnlijk romantisch.

'George...' Haar stem was nauwelijks meer dan een fluistering. Ze draaide zich naar hem om, haar ogen wijd. 'Heb jij dit gedaan?'

'Nou,' begon hij, terwijl hij schaapachtig in zijn nek wreef, 'ik heb misschien wat hulp gehad. Maar ja, ik dacht dat je een avond verdiende die niet om schema's of drukte draaide. Alleen wij.'

'Alleen wij,' herhaalde ze, haar stem nu zachter. Ze pakte zijn hand en kneep erin alsof ze zichzelf wilde aarden. 'Het is perfect.'

Ze gingen zitten en het gesprek vloeide even moeiteloos als de wijn die in hun glazen werd geschonken. Myst merkte dat ze lachte, echt lachte, om Georges verhaal over een bijzonder rampzalig teamdiner thuis. Even leek het alsof Rome volledig verdween, en hen achterliet in hun eigen bubbel van licht en gelach.

Toen het dessert arriveerde, een soort decadente chocoladecreatie waar Myst zich nauwelijks op kon concentreren, vervaagde haar glimlach een beetje. Ze volgde de rand van haar glas met een vinger, haar gedachten plotseling zwaarder.

'George,' begon ze, haar stem nu stiller, 'heb je ooit het gevoel... dat je jezelf verliest? Alsof iedereen iets te zeggen heeft over wie je bent, en jij er alleen maar... bent, en probeert bij te blijven?'

George leunde naar voren, zijn wenkbrauwen fronsten zich bezorgd. 'Wat bedoel je?'

Ze aarzelde en liet toen een trillerige lach horen. 'Sorry, dat klonk dramatisch.' Ze schudde haar hoofd en streek een haarlok achter haar oor. 'Ik bedoel denk ik... met mijn carrière voelt het soms alsof ik meer 'Myst' het merk ben dan Myst de persoon. Alles is zo... groot. Luid. Iedereen wil er een stukje van, en ik vergeet hoe het is om gewoon mezelf te zijn. Begrijp je dat?'

'Ja,' zei George zacht. 'Dat begrijp ik.' Hij reikte over de tafel en nam haar hand in de zijne. Zijn aanraking was warm, standvastig. 'Maar je bent niet alleen een merk, Myst. Je bent jij. En als het te luid wordt, zal ik je daaraan herinneren, oké? Elke keer weer.'

Haar keel kneep samen en ze knikte, terwijl ze op haar lip beet om haar emoties in bedwang te houden. 'Dank je,' fluisterde ze.

'Altijd,' zei hij eenvoudig, terwijl hij zachtjes in haar hand kneep voordat hij haar met een van zijn makkelijke glimlachen terug in het moment trok. 'En nu, eet je toetje op voordat ik het doe.'

Hun dag eindigde op een rustige brug met uitzicht op de Tiber, op weg terug naar het hotel, het water glinsterend onder het maanlicht. Ze stonden naast elkaar tegen de reling geleund, terwijl het verre geroezemoes van de stad naar de achtergrond verdween.

'Soms kan ik niet geloven dat dit echt is,' mompelde George, zijn stem laag en bedachtzaam. Hij draaide zich om en keek haar aan, zijn intense blauwe ogen zochten de hare. 'Wij. Dat we hier samen zijn. Het voelt... breekbaar, weet je? Alsof we het kunnen verliezen als we niet voorzichtig zijn. Maar ik wil het niet verliezen. Ik wil dit laten slagen, Myst. Hoe moeilijk het ook wordt.'

Myst's adem stokte, haar borstkas werd strak van een pijn die zowel vreugde als angst was. Maar toen ze zijn blik ontmoette, wist ze haar antwoord. 'Dat wil ik ook,' zei ze vastberaden, en ze pakte zijn hand. 'Ik ga er helemaal voor, George. Wat er ook voor nodig is.'

'Wat er ook voor nodig is,' herhaalde hij, en hij kneep in haar hand terwijl ze zich weer naar het uitzicht wendden. En op dat moment, met de rivier die gestaag onder hen stroomde en de sterren als beloften boven hen verspreid, voelde het als genoeg.

Hoofdstuk Dertien

DE VOLGENDE OCHTEND KLOPTE de realiteit aan, of zoemde liever gezegd. Mysts telefoon hield niet op met trillen, terwijl het ene na het andere berichtje van haar managementteam verscheen. Ze kreunde en begroef haar gezicht in het kussen, terwijl George zachtjes lachte vanuit de leunstoel bij het raam.

'Lijkt erop dat iemand gemist wordt', plaagde hij.

'Gemist? Eerder opgejaagd', mompelde Myst en ging met tegenzin rechtop zitten. Ze scrolde door haar berichten en haar schouders zakten. 'Ik heb een vergadering. Op het laatste moment. Natuurlijk.'

'Wil je dat ik meega om namens jou een boze blik op ze te werpen?' bood George met gespeelde ernst aan.

'Verleidelijk', zei ze met een glimlachje. 'Maar nee, ik red me wel. Geniet jij maar even van Rome zonder mij. Zorg alleen dat je niet verdwaalt, grote man.'

'Wie, ik?' grijnsde George. 'Nooit.'

Ze kuste zijn wang en vertrok, haar professionele pantser aantrekkend terwijl ze op weg ging naar de vergadering. Die werd gehouden in een strakke vergaderruimte, compleet met gepolijst hout en glas, een pijnlijk contrast met de eeuwenoude stad die zich achter de ramen uitstrekte. Myst had moeite haar aandacht bij de agenda te houden en wenste dat ze daar buiten was met George, het Vaticaan zou bezoeken of naar Pompeï zou rijden, of iets anders dat oneindig veel interessanter was dan een lange lijst van aankomende optredens en interviews.

Plotseling begon ze op te letten toen haar manager een opmerking maakte over haar relatie.

'Wat zeg je me nou?' Haar hoofd schoot zijn kant op. 'Herhaal dat eens.'

'Kijk, Myst', zei haar manager, terwijl hij zijn bril rechtzette, 'we weten dat George belangrijk voor je is. Maar deze afleidingen kunnen hun tol eisen, niet alleen van je, maar ook van je carrière. Je moet gefocust blijven.'

'George is geen afleiding', zei Myst scherp. Ze sloeg haar armen over elkaar en haar tengere gestalte straalde verzet uit. 'Hij is deel van mijn leven en ik heb het recht om er een te hebben buiten dit alles.'

'Natuurlijk', antwoordde haar manager soepeltjes, hoewel de spanning in de kamer om te snijden was. Myst perste haar lippen op elkaar en frustratie borrelde onder haar kalme uiterlijk.

Na de vergadering haalde Jessie haar in op de gang. 'Laat je niet door hen op de kop zitten', zei ze zachtjes met bezorgde ogen. 'Zonder jou is er geen show, Myst. Onthoud dat. Zet jezelf op de eerste plaats.'

Myst ademde langzaam uit en Jessie's woorden drongen diep tot haar door. 'Je hebt gelijk', zei ze zachtjes. 'Dat moet ik onthouden.'

George leunde tegen het smeedijzeren balkon van hun hotelkamer, zijn telefoon zoemde aanhoudend in zijn zak. De late middagzon baadde de Romeinse skyline in amber en goud, maar George merkte het nauwelijks op. Hij trok zijn telefoon tevoorschijn, keek naar het scherm en herkende onmiddellijk het gesprek: zijn coach thuis aan de Gold Coast.

'Hé, Dennis. Het voorseizoen begint volgende week. Ik hoop dat je fit blijft. We hebben je dit jaar scherp nodig.'

Zijn kaak spande zich aan terwijl hij het bericht herlas en het bekende gewicht van de verplichting op zijn brede schouders neerdaalde. Hij staarde naar de stad beneden hem, de chaotische schoonheid ervan een schril contrast met de gedisciplineerde wereld van rugbyoefeningen en tactieken. Het besef trof hem als een schouderstoot in zijn ribben: deze tijd met Myst glipte hem door de vingers. Een week? Dat was helemaal niet lang.

Hij stopte zijn telefoon terug in zijn zak, maar de gedachten bleven hangen als een tegenstander die hij niet van zich af kon schudden. *Wat gebeurt er als ik wegga? Hoe krijgen we dit voor elkaar?* Haar leven bestond uit glinsterende podia en flitsende camera's, terwijl het zijne draaide om modderige velden en slopende trainingssessies. Hij wreef met een hand over zijn gezicht en de ruwe stoppels op zijn kin zetten hem even weer met beide benen op de grond. Langeafstandsrelaties waren niet alleen zwaar, ze waren meedogenloos. Zouden ze het overleven?

Het geluid van de opengaande deur trok hem uit zijn spiraal van gedachten. Myst stapte naar binnen, haar hakken tikten zachtjes op de tegelvloer. Ze zag er zoals altijd adembenemend uit, maar er was spanning in haar schouders, in de manier waarop ze haar tas zonder haar gebruikelijke gratie op de dichtstbijzijnde stoel liet vallen.

'Hoe ging het?' vroeg George en kwam overeind.

'Prima', zei ze snel, terwijl ze langs hem heen naar het raam liep. Te snel. Ze sloeg haar armen over elkaar en staarde naar de daken alsof die de antwoorden bevatten die ze nodig had.

'Aha.' George trapte er niet in. Hij deed een stap dichterbij en zijn stem werd zachter. 'Myst, kom op. Wat is er mis?'

'Niets!' snauwde ze, zuchtte toen en drukte haar vingers tegen haar slaap. 'Het spijt me. Het... het zijn gewoon werkdingen. Jij hoeft je daar geen zorgen over te maken.'

'Werkdingen, hè?' herhaalde hij, terwijl hij haar aandachtig bekeek. Ze klapte dicht, sloot hem buiten zoals ze soms deed als ze niet kwetsbaar wilde lijken. Maar daar nam hij geen genoegen mee, vandaag niet. 'Weet je dat zeker?'

Ze aarzelde, haar lippen gingen open alsof ze hem weer wilde afwimpelen. Toen hield ze zich in. Haar schouders zakten en ze draaide zich helemaal naar hem toe. Haar blauwe ogen doorzochten zijn gezicht, alsof ze afwoog of ze hem kon binnenlaten. Uiteindelijk ademde ze lang en langzaam uit en begon te praten.

'Jessie zei iets na de vergadering', begon ze, haar stem nu zachter, bedachtzamer. 'Ze herinnerde me eraan dat er zonder mij geen show is. Geen muziek. Geen tournees. Niets van dat alles werkt tenzij ik zeg dat het werkt.'

'Slimme vrouw, je nicht', zei George knikkend. Hij moedigde haar aan om door te gaan.

'Ja, dat is ze', zei Myst met een vage glimlach die haar ogen niet helemaal bereikte. 'Maar het is moeilijk, weet je? Ze... ze denken dat ze me kunnen vertellen wat het beste voor me is. Alsof mijn persoonlijke leven niet aan mij is om over te beslissen. Alsof... alsof jij een soort risico bent in plaats van...' Ze maakte haar zin niet af, schudde haar hoofd en gebaarde toen vaag naar hem. 'In plaats van *jij*.'

'Risico, hè?' George grijnsde, in een poging de sfeer te verlichten, ook al stak het woord. 'Ik wist niet dat uitgaan met een rugbyspeler zoveel risico's met zich meebracht.'

'Blijkbaar wel', mompelde ze, maar haar toon werd zachter toen de hoek van haar mond omhoogtrok. 'Maar Jessie heeft gelijk. Ik moet streng zijn tegen hen. Mijn persoonlijke leven is van *mij*, en ik laat me door niemand onder druk zetten om dat op te geven. Zelfs niet voor... dit.' Ze maakte een vaag gebaar naar de chique hotelkamer, de fonkelende podiumoutfits die aan een rek hingen, haar carrière.

'Goed', zei George eenvoudig. Zijn blik werd zachter terwijl hij haar bestudeerde. 'Dat verdien je, Myst. Dat jij de touwtjes in handen hebt. En voor wat het waard is, ik zal er nog steeds zijn. Risico of niet.'

Haar lach was zacht maar echt, en het verlichtte de druk op zijn borst. 'Dank je', zei ze, dichterbij komend en haar handen lichtjes op zijn onderarmen leggend. Haar aanraking was een houvast, op een manier die hij tot nu toe niet had beseft nodig te hebben. 'Het was me het dagje wel, hè?'

'Ja', gaf George toe, zijn gedachten flitsten even terug naar het bericht van zijn coach dat nog onbeantwoord in zijn zak zat. Maar hij zette de gedachte voor nu opzij en concentreerde zich op de vrouw die voor hem stond, degene die de chaos van hun beider levens een beetje stabieler deed aanvoelen. 'Maar je hebt het afgehandeld. En morgen wordt beter.'

'Morgen is het concert', zei Myst met een klein kreuntje, hoewel de twinkeling van opwinding in haar ogen haar verraadde. 'En jij komt toch wel?'

'Zou het niet willen missen', antwoordde George met een grijns. 'Eerste rang voor mijn favoriete rockster.'

'Dat mag ik hopen,' plaagde ze, en reikte omhoog om hem een lichte kus op zijn wang te geven. 'En nu, laten we iets te eten zoeken voordat ik in elkaar stort. Afgesproken?'

'Afgesproken', zei George, zijn zorgen vervaagden even terwijl hij haar de deur uit volgde. 'Heb je een restaurant gevonden?'

'Jep, het is niet ver hier vandaan. Ze houden een tafeltje voor ons vrij.'

De smalle, geplaveide straat zoemde van het leven toen George de deur voor Myst openhield. Het zachte geroezemoes van gesprekken en het vage gerinkel van glazen stroomde vanuit de jazzclub naar buiten. Een warm, gouden licht baadde de ruimte, flikkerde op de bonte verzameling tafels en wierp zachte schaduwen op de bakstenen muren. De lucht was zwaar van de rijke werveling van saxofoonklanken en de occasionele rokerige lach uit het publiek. Het voelde mijlenver verwijderd van de blitse arena's waar Myst aan gewend was geraakt, een wereld die teruggebracht was tot het rauwe, het onopgesmukte.

'Nou', zei George, een beetje bukkend onder de laaghangende lichtsnoeren toen ze naar binnen stapten. 'Dit is... knus.'

'Knus is een beleefde manier om te zeggen dat het klein is', plaagde Myst en gaf hem speels een elleboogstootje. 'Weet je zeker dat je hier past? Het plafond ziet eruit alsof het een appeltje met je hoofd te schillen heeft.'

'Daar komen we wel achter', kaatste hij met een grijns terug.

Hun tafel stond in de hoek, dichtbij genoeg om de hartslag van de contrabas te voelen, maar ver genoeg om het felle schijnsel van de podiumlichten te vermijden. Myst liet zich op haar stoel glijden en leunde met haar kin op haar hand terwijl ze het tafereel in zich opnam; de trompettist die zachtjes zijn demper verstelde, de zangeres die zachtjes heen en weer wiegde met haar ogen dicht, de pianist die over de toetsen gebogen zat alsof hij geheimen deelde die alleen de muziek kon begrijpen. Het was intiem, onvolmaakt en volkomen betoverend.

'Moet je jou eens zien', zei George, terwijl zijn stem zachtjes haar gedachten doorbrak. Hij leunde achterover in zijn stoel met zijn armen over zijn brede borst gekruist en keek haar aan met een grijns die zowel geamuseerd als liefdevol was. 'Ik heb je nog niet eerder met zulke dromerige ogen gezien.'

'Neem me niet kwalijk dat ik even een momentje heb. Dit,' gebaarde ze vaag naar het podium, waar de drummer een hartslagritme op zijn snaredrum tikte, 'dit herinnert me eraan waarom ik in de eerste plaats verliefd ben geworden op muziek.'

'Niet de pyrotechniek en de gillende fans?' plaagde George, wat hem een gespeeld boze blik opleverde. 'Grapje, grapje. Maar serieus, je ziet er hier thuis uit.'

'Dat is het hem juist.' Myst zuchtte uit, terwijl haar vingers achteloze patronen op de rand van de tafel tekenden. 'Ik mis dit. De nabijheid, de connectie. Als je in een stadion optreedt, voelt het soms alsof je in het niets schreeuwt. Maar hier...' Haar stem stierf weg en haar lichtblauwe ogen glinsterden met iets bijna weemoedigs. 'Hier kun je voelen hoe mensen met je *meeademen*. Het is anders.'

George bestudeerde haar een moment, zijn uitdrukking verzachtte. 'Dus waarom doe je dit niet vaker?'

'Ha!' Haar lach was kort maar oprecht. 'Weet je hoe onmogelijk mijn schema is? Tussen de tournees en de persreizen en al het andere in, is het alsof je zonder remmen een heuvel af dendert. Er is geen tijd om te stoppen en na te denken, laat staan om van richting te veranderen.'

'Misschien wordt het tijd om op de rem te trappen', zei George eenvoudig, zijn diepe stem stabiel en kalm. 'Dat heb je wel verdiend, nietwaar?'

'Makkelijk praten voor jou, meneer Seizoenspauze', wierp ze hem tegen, hoewel er geen venijn in haar woorden zat. 'Maar... ja. Misschien.' Ze keek naar haar handen, haar vingers plotseling stil. 'Het zou fijn zijn om weer te ademen. Om me te herinneren hoe dat voelt.'

'Doe het dan', zei hij, en hij leunde iets naar voren met zijn ellebogen op tafel. 'Myst, je hebt het soort talent dat niet zomaar verdwijnt omdat je een pauze neemt. Als je tijd nodig hebt om dingen uit te zoeken, moet je die nemen. De mensen zullen op je wachten.'

'Wacht jij dan ook?' vroeg ze, de woorden eruit floepend voordat ze ze kon tegenhouden. Haar blik ging omhoog naar de zijne, en even leek het lawaai van de club weg te vagen, waardoor alleen het stille gewicht van haar vraag tussen hen in bleef hangen.

'Natuurlijk wacht ik', zei George zonder aarzelen, zijn toon zo direct en onwrikbaar als de man zelf. 'Maar ik ben niet degene die je moet overtuigen.'

'Juist', mompelde Myst, met een kleine, bitterzoete glimlach om haar lippen. 'Management. Contracten. Verwachtingen. Het is allemaal zo... groot. Groter dan ik.'

'Niets is groter dan jij, Myst', zei hij, en de oprechtheid in zijn stem deed haar keel dichtknijpen. 'Niet als jij degene bent die in de schijnwerpers staat.'

De muziek veranderde, het tempo vertraagde tot iets hartverscheurend teders, en Myst knipperde snel met haar ogen, terwijl ze zichzelf dwong in het moment te blijven. Ze zaten een tijdje in stilte, de melodie zich als een gedeeld geheim om hen heen wikkelend. Ze reikte over de tafel, haar tere hand vond de zijne en ze kneep erin. Hij kneep terug.

'Bedankt', zei ze zacht, het woord droeg meer gewicht dan ze kon uitleggen.

'Altijd', antwoordde George, zijn duim lichtjes over haar knokkels strijkend. En de rest van de avond praatten ze niet over schema's of afstand of iets anders dat dit moment kleiner had kunnen doen voelen dan het was.

De podiumlichten dimden tot een zwoele, amberkleurige gloed en het publiek brulde toen Myst haar laatste buiging maakte. Met een blos van opwinding op haar wangen zwaaide ze nog een laatste keer voordat ze van het podium verdween, haar hart bonkte harder dan de baslijn die minuten eerder de podiumvloer onder haar voeten had doen trillen. Backstage was een chaotische waas van knuffels van haar team, high-fives en Jessie die over het lawaai heen riep: 'Zo sluit je Rome af, meid!'

'Niet slecht, hè?' zei Myst grijnzend terwijl ze het zweet wegveegde dat langs haar slaap droop. Haar lichaam gonsde van die vertrouwde roes na de show die haar altijd zowel energiek als uitgeput deed voelen.

'Niet slecht? Je hebt het gerockt', klonk de diepe stem van George, die lang en statig in de deuropening van haar kleedkamer stond. Hij had zijn kenmerkende schuine glimlach, zijn handen nonchalant in zijn spijkerbroekzakken gestoken. Zelfs nu, te midden van de bedrijvige hectiek backstage, zag hij er volkomen op zijn gemak uit.

'O ja? Was het niet te veel glitter voor een rugbyspeler als jij?' plaagde ze, terwijl ze op de bank plofte en Jessie haar een flesje water aanreikte.

'Geen idee over de glitter, maar ik denk dat het 'Myst-mania'-gescandeer tijdens je toegift misschien een beetje overdreven was', antwoordde hij, terwijl hij dichterbij kwam, zijn ogen oplichtend van humor. 'Ik bedoel, wie heeft er nou zo'n egoboost nodig?'

'Hou je mond.' Ze gooide het dichtstbijzijnde voorwerp, een ongeopende mueslireep, naar hem. Hij ving hem moeiteloos uit de lucht en lachte.

'Oké, superster', zei George, terwijl hij naast haar op de armleuning ging zitten. 'Wat nu? Feestelijke gelato? Of gaan we helemaal in de toeristenmodus en op jacht naar een nachtelijke pizza?'

'Wat dacht je van allebei?' vroeg Myst, en ze leunde achterover met een voldane zucht. Ze kantelde haar hoofd naar hem, haar donkere haar viel als een waterval van inkt over het kussen. 'Als jij trakteert.'

'Altijd', zei hij zacht, zijn speelse toon overgaand in iets zachters. Zijn hand vond de hare en hij kneep er geruststellend in. Even zaten ze daar gewoon, de chaos van het concert vervagend naar de achtergrond.

Onuitgesproken tussen hen was de bittere waarheid dat vanavond de laatste avond was. Morgenochtend zouden ze op vliegtuigen stappen die in verschillende richtingen vlogen en alles zou oneindig veel gecompliceerder worden, maar vanavond... nou, vanavond was Myst niet van plan een minuut te verspillen.

De ochtend kwam te snel, de Romeinse zon wierp zachte gouden stralen door de luchthavenramen waar Myst en George naast elkaar stonden. Het zachte geroezemoes van omroepberichten en het geschuifel van reizigers met rolkoffers voelde vreemd afstandelijk, als witte ruis tegen de tastbare stilte tussen hen in.

'Boedapest voor jou, Gold Coast voor mij', zei George, zijn Australische accent maakte het afscheid nonchalanter dan het voelde.

'Gek hoe dat werkt', mompelde Myst, terwijl ze haar over-sized sjaal strakker om haar nek trok. Haar lichtblauwe ogen flitsten omhoog naar de zijne, en een fractie van een seconde had ze er bijna een hekel aan hoe standvastig en geruststellend zijn blik was. Het maakte weggaan nog moeilijker.

'Hé', zei George, en hij tilde haar kin zachtjes op met zijn vinger. 'Niet van dat verdrietige gedoe nu. We hebben afgesproken dat afstand maar een getal is, toch?'

'Waar', gaf ze toe met een klein lachje. 'Maar laten we niet doen alsof dit niet klote is.'

'Oké, het is klote', gaf hij toe met een grijns. 'Maar ik bel je zodra ik land. En het kan me niet schelen of je midden in een toegift zit of halverwege een powerballad, je neemt maar beter op.'

'Afgesproken', zei ze, haar stem haperde lichtjes bij het woord. Ze leunde tegen hem aan en sloeg haar armen om zijn middel terwijl zijn sterke armen zich om haar schoud-ers vouwden en haar stevig vasthielden. Ze ademde de vertrouwde geur van zijn eau de cologne in, iets fris en houtachtigs dat haar op de een of andere manier altijd aan thuis deed denken.

'Zorg goed voor jezelf, engel', fluisterde hij in haar haar. 'En laat je niet te hard pushen door die piefen in pak, oké?'

'Alleen als jij belooft dat je je niet te hard laat tackelen', kaatste ze terug, haar woorden gedempt tegen zijn borst. Ze trok zich net genoeg terug om naar hem op te kijken. 'Je bent best belangrijk voor me, weet je.'

'Goed zo', zei hij eenvoudig, terwijl hij een haarlok uit haar gezicht streek. 'Want jij bent alles voor me.'

'Ugh, hou op. Straks ga ik nog huilen op een vliegveld', kreunde ze, hoewel haar plagende toon de glinstering in haar ogen niet kon verbergen.

Hij kuste haar toen; zacht en lang, alsof hij probeerde de smaak van haar te onthouden. Toen ze eindelijk uit elkaar gingen, bewoog geen van beiden zich een lang moment, onwillig om de breekbare bubbel om hen heen te verbreken.

'Ga dan maar', zei hij nors, en hij deed een stap achteruit. Zijn handen vielen langs zijn zij, balden zich kort tot vuisten voordat ze zich weer ontspanden. 'Boedapest wacht op je.'

'En jij hebt de voorseizoenstraining', zei ze, terwijl ze een glimlach probeerde, maar daar niet helemaal in slaagde. Toch knikte ze en vermande ze zich. 'Zorg goed voor jezelf, ja?'

'Doe ik altijd', zei George, maar de bravoure in zijn stem kwam niet helemaal over.

Jessie stond verwoed te zwaaien; hun vlucht werd voor de laatste keer omgeroepen. Myst haalde diep adem en rukte zich los, hoewel het voelde alsof ze een deel van zichzelf achterliet. En hoewel ze zich niet omdraaide, voelde ze het gewicht van zijn blik totdat ze achter de gate verdween.

Hoofdstuk Veertien

'Georgie!' Zijn zus Ellie kwam de gang afgestormd alsof
ze elkaar jaren niet hadden gezien in plaats van slechts zes
maanden. Ze gooide haar armen om hem heen en sloeg
hem bijna de adem uit zijn lijf.

'Ellie!' bracht hij lachend uit, terwijl hij door haar haar woelde. 'Nog steeds niet in staat tot enige subtiliteit, zie ik.'

'Niet als je er zo uitziet.' Ze deed een stap achteruit en keek hem met overdreven achterdocht aan. 'Je bent zo zwaarmoedig. Wat is er mis? Heeft je team een geheime oefenwedstrijd verloren of zo?'

'Er is niets mis', zei hij te snel, terwijl hij langs haar heen de keuken in liep. 'Het gaat goed met me.'

'Jaja.' Ellie volgde hem, duidelijk niet overtuigd.

Het huis was levendig met de soort chaos die hij had gemist tijdens het reizen voor wedstrijden en trainingskampen. Zijn moeder stond aan het fornuis en neuriede mee met een oud nummer van Crowded House dat uit de radio kraakte. Zijn andere zus, Kate, zat aan het aanrecht een sinaasappel te schillen, haar telefoon leunend tegen een stapel kookboeken waaruit een make-uptutorial schalde. Kinderen gilden terwijl ze in de achtertuin een bal overgooiden. George liet zijn plunjezak met een plof op de grond vallen, waardoor iedereen opkeek.

'George!' Kate grijnsde, haar gezicht lichtte op. 'Vrolijk kerstfeest! En wat is dit?' Ze hield haar hoofd schuin en kneep haar ogen samen. 'Is dat... *liefde* wat ik op je gezicht zie?'

'Begin er niet over,' waarschuwde hij, terwijl hij naar haar wees en een glas uit de kast pakte. Zijn zussen wisselden veelbetekenende blikken uit, wat hem alleen maar innerlijk deed kreunen.

'Kom op, Georgie,' plaagde Ellie. 'Je kunt het ons vertellen. Door wie zie je eruit alsof iemand je favoriete rugbyschoenen heeft gestolen?'

'Niemand,' mompelde hij, terwijl hij het glas bij de gootsteen vulde. 'Ik ben gewoon moe, oké?'

'Zeker, zeker.' Kate stopte een partje sinaasappel in haar mond. 'Moe van het missen van Myst, misschien?'

'Kate!' George draaide zich abrupt om, zijn oren gloeiden. 'Wie heeft het over Myst?'

'Je gezicht.' Ellie leunde met een grijns tegen het aanrecht. 'En het feit dat je je telefoon al drie keer hebt gecheckt sinds je binnenkwam. Subtiel, maat.'

'Oké, nu is het genoeg,' onderbrak hun moeder hen, terwijl ze zich van het fornuis afwendde. Haar stem was streng en sneed als een scheidsrechtersfluitje door het geplaag heen. 'Ga de tafel dekken, jullie twee, en roep dan de kleintjes binnen en laat ze hun handen wassen voor het eten. Laat je broer even op adem komen.'

'Goed,' zei Kate, terwijl ze met een dramatische zucht van haar kruk gleed. 'Maar we zijn nog niet klaar met dit gesprek, George.'

'Ik kijk ernaar uit,' antwoordde hij droog, terwijl hij toekeek hoe ze met vorken en servetten in de hand naar de formele eetkamer schuifelden, de enige die groot genoeg was voor zijn hele familie.

'Nou,' zei zijn moeder na een moment, terwijl ze haar handen afveegde aan een theedoek en naar de tuindeuren gebaarde. 'Kom even met me mee naar buiten, lieverd. We moeten even praten.'

'Moeten we dat?' vroeg George op zijn hoede, hoewel hij haar toch naar het terras volgde. De bries van de oceaan was nu koeler en ruiste door de palmbomen in de achtertuin.

Zijn moeder ging in een van de rieten stoelen zitten met een stille gratie die altijd de aandacht leek te trekken.

'Ga zitten,' zei ze, terwijl ze naar de stoel tegenover haar knikte. Hij gehoorzaamde en liet zich erin zakken met een zwaarte die hij niet van zich af kon schudden.

'Oké,' begon hij, terwijl hij met een hand over zijn kaak wreef. 'Waar gaat dit over?'

'Over jou,' zei ze eenvoudig, terwijl ze haar handen in haar schoot vouwde. 'En waarom je doet alsof alles goed is, terwijl dat duidelijk niet zo is.'

'Alles *is* goed,' hield hij vol, hoewel hij wist dat er geen overtuiging in zijn stem klonk.

'George.' Ze gaf hem die blik, degene die lagen van bravoure kon afpellen alsof het vloeipapier was. 'Ik ben niet van gisteren. Wil je me nu vertellen wat er aan de hand is met jou en Myst?'

'Waarom gaat iedereen ervan uit dat het over Myst gaat?' mompelde hij, terwijl hij naar de horizon staarde. 'Misschien ben ik gewoon gestrest over het voorseizoen.'

'Omdat ik mijn zoon ken,' zei ze, haar toon werd zachter. 'En omdat ik zie hoe je ogen oplichten als je over haar praat.'

George ademde langzaam uit en leunde voorover met zijn ellebogen op zijn knieën. 'Het is ingewikkeld, mam. Ze is... geweldig. Maar haar wereld is zo anders dan de mijne. Ik weet niet of het wel logisch is.'

'Sinds wanneer is liefde ooit logisch geweest?' vroeg ze zacht. 'Het gaat om inspanning, George. Om de bereidheid te vechten voor iets wat belangrijk is. Is zij belangrijk voor je?'

'Natuurlijk is ze dat,' gaf hij toe, zijn stem nauwelijks luider dan een fluistering. 'Maar wat als het niet genoeg is? Wat als het te moeilijk is?'

'Moeilijk betekent niet onmogelijk,' zei ze kordaat. 'Het betekent alleen maar dat je moet beslissen of het de moeite waard is. En als je het mij vraagt, denk ik dat je het antwoord daarop al weet.'

Hij keek haar toen aan, en zijn borstkas werd strakker. Ze had gelijk, hij wist het. Hij wist alleen niet of hij de moed had om er iets mee te doen.

'Hé, Dennis! Misschien wil je dit even zien.'

Op het trainingsveld gonsde het van het gebruikelijke geklets voor de sessie; teamgenoten die elkaar plaagden, het geklap van rugbyballen tegen handpalmen en het flauwe gefluit van de wind die zout van de nabijgelegen oceaan meevoerde. George was vroeg gekomen om zijn hoofd leeg te maken, niet om meegesleurd te worden in welke onzin dan ook.

'Rot op, Lachie,' zei hij zonder zelfs op te kijken.

'Serieus, maat,' klonk de stem weer, dit keer vergezeld van een grijns die George kon voelen zonder te kijken. 'Je meisje heeft wat *gezelschap*.'

'Ze is niet mijn meisje,' mompelde George automatisch, terwijl hij de knoop in zijn schoenveter strakker trok.

'Juist, juist.' Lachie's stem droop van geveinsde sympathie. 'Ik dacht alleen dat je het misschien wilde weten, dat Antoine Delacourt het gezellig met haar heeft. Alweer.'

Dat deed hem pauzeren. George keek scherp op, zijn hart zonk in zijn schoenen toen hij Lachie zijn telefoon zag ophouden, het scherm gloeiend met een beeld dat voelde als een trap in zijn maag. Daar was het: Myst, stralend als altijd, die uit een of andere strakke auto stapte, haar donkere haar als een waterval over haar rug gedrapeerd. En naast haar, Antoine Delacourt, met zijn arrogante kaaklijn en perfecte tanden, die net iets te dichtbij leunde.

'Verdomde roddelbladen,' mopperde George, terwijl hij de telefoon probeerde weg te slaan terwijl de hitte in zijn nek kroop. Maar Lachie gaf niet zo makkelijk op.

'Rustig, maat,' zei Lachie lachend. 'Ik weet zeker dat het niets is. Gewoon een paar 'collega's', ja? Of houdt ze haar opties open?'

'Ja, George,' viel een andere teamgenoot bij, grijnzend. 'Weet je zeker dat ze niet nog steeds op de markt is?'

'Houd jullie kop,' snauwde George, terwijl hij de dichtstbijzijnde bal greep en die hard in de borst van Lachie gooide, die hem met een grijns ving. Hij dwong zichzelf om te grinniken, om mee te spelen, maar hij voelde het gewicht van hun woorden zich ergens diep in zijn borst nestelen.

Tegen de tijd dat ze het veld opgingen, was het plagen verstomd, vervangen door oefeningen en oefenwedstrijden, maar George kon het beeld van Myst en Antoine niet uit zijn hoofd krijgen. Hij hield zichzelf voor dat het niet uitmaakte, dat het gewoon pr-onzin was, zoals altijd. En toch, zodra de training was afgelopen, betrapte hij zichzelf erop dat hij zijn telefoon pakte en een bericht stuurde voordat hij er te veel over kon nadenken.

'De foto's van jou en Delacourt staan overal. Wat is er aan de hand?'

Het antwoord kwam snel, maar het stelde hem weinig gerust.

'Maak je er geen zorgen over. Het is niets. Gewoon werk.'

'Gewoon werk' voelde als een afwijzing, als een muur die tussen hen opgetrokken werd. Hij staarde naar het bericht, zijn duim zweefde boven het toetsenbord, niet zeker wat hij nu moest zeggen. Uiteindelijk typte hij terug: *'Als jij het zegt'* en liet het daarbij.

Duizenden kilometers verderop, in een opnamestudio in het hart van Istanbul, staarde Myst naar haar telefoon en beet op haar lip. Ze haatte hoe kortaf haar antwoord klonk, maar er was geen tijd om het uit te leggen. Niet nu.

'Luister je wel, Myst?'

De stem van haar manager sneed door de waas van haar gedachten. Ze keek op en zag haar pr-team rond de tafel verzameld, allemaal in strakke pakken en met nog scherpere meningen.

'Sorry,' zei ze snel, hoewel het haar helemaal niet speet.

'Over het Antoine-verhaal,' begon een van hen, terwijl hij door een map met glanzende afdrukken van haar en

Antoine bladerde. 'We denken dat je erop moet inspelen. Het verhaal is goed voor de zichtbaarheid...'

'Zichtbaarheid?' onderbrak Myst, haar lichtblauwe ogen flitsten. 'Ik heb geen *zichtbaarheid* nodig. Ik wil dat mensen zich op mijn muziek concentreren, niet op... dit circus.'

'Uw fans houden van een goede romance, Myst,' voegde een ander toe, met een poging tot een sussende glimlach. 'En als we de speculatie levend kunnen houden, zal dat meer betrokkenheid voor uw komende shows genereren. Het is onschuldig.'

'Onschuldig?' herhaalde Myst, ongelovig. Ze stond op uit haar stoel en ijsbeerde door de kamer. 'Heb je enig idee wat dit met mijn echte leven doet? Met de mensen om wie ik geef?'

'Antoine lijkt het niet erg te vinden,' merkte iemand scherp op, wat een ronde van zacht gegniffel opleverde. Myst stopte abrupt en haar kaak spande zich aan.

'Omdat Antoine leeft voor dit soort aandacht,' schoot ze terug. 'Maar ik ben Antoine niet en eerlijk gezegd kan het me geen reet schelen of hij het leuk vindt of niet.'

Er viel een korte stilte en er waren geschokte gezichten toen Myst vloekte, iets wat ze zelden deed.

'Kijk,' mengde haar manager zich in het gesprek, in een poging de oplopende spanning te kalmeren. 'We zeggen niet dat je iets hoeft te bevestigen. Laat het verhaal gew oon... ademen. Ontken het niet ronduit en de buzz regelt zichzelf wel.'

'Absoluut niet,' zei Myst kordaat, terwijl ze haar armen over elkaar sloeg en koppig haar kin naar voren stak. 'Dat doe ik niet. Ik ga niet iets echts op het spel zetten voor een paar krantenkoppen.'

'Echts' hing als een uitdaging in de lucht en even sprak niemand. Toen loste de vergadering op, met gemompel van irritatie dat achterbleef toen het team een voor een vertrok en Myst alleen achterliet met haar gedachten.

Ze zakte terug in haar stoel en drukte haar vingers tegen haar slapen. De druk was meedogenloos, een constante strijd tussen het behouden van haar publieke imago en het beschermen van het beetje privacy dat ze nog had. En dan was er nog George. Lieve, standvastige George, wiens bericht nog onbeantwoord op haar scherm brandde.

Haar duim zweefde boven George' naam op haar scherm; de kleine groene belknop daagde haar uit.

'Voor een keer heb je het niet druk,' mompelde ze tegen zichzelf, terwijl ze een slokje van de te zoete thee nam. 'Bel hem gewoon.' Het was hier ochtend, wat betekende dat het daar laat in de middag was.

Voordat ze zichzelf kon betwijfelen, drukte Myst op de knop, de kiestoon zoemde in haar oor. Ze leunde achterover in de zachte stoel, klaar om zijn raspende Australische accent te horen dat haar heimwee zou doorbreken. Maar na drie keer overgaan was het niet de stem van George die haar begroette, maar een automatisch bericht.

'Hé, met George. Laat een bericht achter, maat.'

'Ugh.' Haar schouders zakten ineen. Ze aarzelde even en beëindigde toen de oproep zonder iets te zeggen. Wat was het nut? Hij was waarschijnlijk net klaar met het tackelen van iemand of met het doen van oefeningen. Ze stelde hem zich voor in zijn trainingskleding, vol zweet en focus, zich niet bewust van de manier waarop haar maag zich omdraaide toen hun schema's weer eens niet op elkaar aansloten.

'Prima. Geen probleem,' zei ze hardop, terwijl ze abrupt opstond. Maar zelfs toen ze zich vermande om weer achter de microfoon te gaan staan en de demozang voor het lied dat ze over hem had geschreven, in te zingen, daalde het gewicht van teleurstelling over haar neer als een hardnekkige onweerswolk.

George gooide zijn bitje in zijn tas en veegde het zweet van zijn voorhoofd met de rug van zijn arm. De voorseizoenstraining hoorde zwaar te zijn, maar vandaag was slopend geweest, beginnend met een lange duurloop en daarna eindeloze oefeningen onder de meedogenloze zon van de Queenslandse zomer. Zijn benen voelden als lood en elke spier in zijn lichaam schreeuwde om verlichting.

'Hé, Dennis, je ziet eruit alsof je bent overreden door een vrachtwagen,' grapte een van zijn teamgenoten, terwijl hij hem op de schouder klapte toen ze naar de kleedkamer liepen.

'Zo voelt het ook,' antwoordde George, terwijl hij een grijns forceerde die hij niet helemaal voelde. Van binnen was hij niet alleen moe, hij was in alle opzichten uitgeput. Het meedogenloze tempo van het trainingskamp was één ding, maar zijn gedachten dwaalden steeds af naar iets anders, naar Myst.

Zodra hij bij zijn kluisje was, checkte hij zijn telefoon. Een gemiste oproep van haar flitste op het scherm en zijn borstkas trok samen. Er was ook een berichtje: 'Ik had wat tijd vanochtend. Ik hoopte je even te spreken. Bel me als je kunt x'.

'Shit,' mompelde hij, schuldgevoel borrelde in hem op. Hij tikte snel haar nummer in, leunend tegen het koele metaal van de kluisjes terwijl de telefoon overging. Hij had het nodig om haar stem te horen, om die elektrische zoem te voelen die ontstond wanneer ze praatten, hoe kort ook.

'Hallo?' Myst's stem kwam gedempt en gehaast door.

'Hé, sorry dat ik je oproep heb gemist. Hoe is het met je?' vroeg George, zijn toon werd onmiddellijk zachter.

'Ik kan nu niet echt praten,' zei ze, haar woorden kortaf. Op de achtergrond hoorde hij geschreeuw en het vage gedreun van muziek. 'We zitten midden in een repetitie. De timing is een beetje beroerd, hé?'

'Ja, dat lijkt onze specialiteit te zijn,' probeerde hij te grappen, maar het kwam er zwakker uit dan hij bedoelde. 'Alles goed. Ik wilde gewoon... ik weet niet. Even horen hoe het gaat.'

'Hetzelfde hier.' Haar stem werd iets zachter, maar toen riep iemand op de achtergrond haar naam en ze zuchtte. 'Ik moet gaan, George. Regelen we wat anders?'

'Natuurlijk,' zei hij, zelfs terwijl de teleurstelling zich stevig in zijn borst nestelde. 'Spreek je later.'

'Doei!' En toen was ze weg, de lijn werd verbroken met een steriele piep.

George staarde nog een moment naar zijn telefoon voordat hij hem terug in zijn tas stopte. De leegte die hij de hele dag had proberen te negeren, leek zich uit te breiden en vulde elke centimeter van hem. Hij wist dat het Myst niet te verwijten was, haar schema was net zo krankzinnig als het zijne, maar verdomme, het was moeilijk. Moeilijker dan hij had verwacht.

'Kom op. Douchen, eten, slapen. Morgen nieuwe ronde, nieuwe kansen,' mompelde hij tegen zichzelf, terwijl hij zijn handdoek pakte. Maar terwijl hij naar de douches sjokte, sleepte de uitputting aan hem, zwaarder dan welke tackle dan ook die hij die dag had geïncasseerd.

Hoofdstuk Vijftien

GEORGE PLOFTE OP ZIJN bank, terwijl hij overwoog of hij een douche wilde nemen of in een lang, heet bad wilde weken. Zijn lichaam deed pijn van de training, zijn spieren stonden strak en schreeuwden om rust, maar het was niet alleen de fysieke uitputting die zwaar op hem woog. Zijn telefoon zoemde op de salontafel en trilde tegen een leeg glas, en even overwoog hij om het volledig te negeren. Maar de gewoonte won, zoals altijd.

Hij reikte er lui naar, veegde met zijn duim over het scherm, maar verstijfde halverwege de beweging. Daar was het: Mysts gezicht prijkte op de voorpagina van een of andere roddelwebsite. *'Myst weer op stap: is Antoine Dela-*

court meer dan alleen een vriend?' De kop schreeuwde het
hem praktisch toe en stak precies op de zere plek. Eronder stonden glanzende foto's van Myst, gedrapeerd in een
zijdeachtige, smaragdgroene jurk die op alle juiste plekken
nauw aansloot. Haar donkere haar viel als vloeibare inkt
over één schouder, haar lichtblauwe ogen vingen het
licht met een bijna buitenaardse allure. En naast haar, er
zelfvoldaan en gelikt uitziend, stond Antoine Delacourt,
wiens perfect op maat gemaakte pak en gemakkelijke grijns
George de neiging gaven om ergens tegenaan te slaan.

'Verdomme,' mompelde George binnensmonds, zijn
vingers klemden zich om zijn telefoon alsof die in tweeën
kon breken. Hij probeerde het te rationaliseren; Antoine
was iemand met wie Myst moest slijmen voor haar werk of
voor de publiciteit. Maar de foto's vertelden een ander verhaal, een verhaal dat verraderlijke twijfels in zijn gedachten
fluisterde. Ze zagen er... moeiteloos samen uit. Alsof ze in
dezelfde wereld thuishoorden, vol glitter en glamour en
met een miljoenenlach.

In tegenstelling tot hij, met zijn gebroken neus en een
scheve tand in zijn glimlach.

Die gedachte kwam hard aan, een onverwachte klap in zijn
maag. Waar was hij eigenlijk mee bezig? Proberen te passen
in een leven dat zo ver van het zijne afstond dat het voelde
alsof hij andermans schoenen probeerde aan te trekken, en
dan ook nog eens schoenen die twee maten te klein waren.

Zonder na te denken bewogen zijn duimen zich over het
scherm en tikten een bericht voordat hij aan zichzelf kon
gaan twijfelen. 'Ik denk niet dat ik hiervoor in de wieg ben
gelegd.' Simpel. Eerlijk. Keihard. Hij drukte op 'verzen-
den' voordat hij zichzelf ervan kon weerhouden. Zodra het
bericht was verdwenen, sloeg de spijt zijn klauwen in hem,
maar hij schoof de telefoon opzij en leunde achterover

tegen de bank, wezenloos starend naar de draaiende plafondventilator boven hem.

Even later zoemde de telefoon weer. Mysts naam lichtte op op het scherm, haar oproep doorbrak het stille gezoem van de nacht. Georges hart haperde, maar hij nam niet op. Hij kon het niet, nog niet. Niet nu alles in hem verward en in de knoop zat, als een rugbybal die vastzat onder een hoop spelers, onmogelijk te bereiken. In plaats daarvan liet hij de telefoon overgaan, waarbij het geluid wegstierf in een stilte die oorverdovend aanvoelde.

'Jessie, wat moet ik doen?' Mysts stem brak terwijl ze op blote voeten door haar hotelkamer in Istanboel ijsbeerde, gekleed in een joggingpak dat totaal misplaatst aanvoelde na uren op podiumhakken. Ze had Jessie gebeld op het moment dat George niet had opgenomen, de scherpe pijn van de afwijzing, die nog vers was en bloedde, en Jessie was er binnen enkele ogenblikken.

'Ten eerste, stop met ijsberen. Je maakt me duizelig,' zei Jessie droog. 'En ten tweede...' er viel een stilte, gevolgd door een dramatische zucht, 'vecht je voor hem, natuurlijk.'

'Hoe dan?!' Myst liet zich op de rand van het bed vallen en begroef haar gezicht in haar vrije hand. 'Hij denkt dat hij niet in mijn wereld thuishoort. En misschien heeft hij gelijk. Misschien heb ik hem in iets meegesleurd waar hij nooit om gevraagd heeft. Die stomme foto's, die koppen...' Haar stem brak opnieuw, en ze haatte hoe zwak ze klonk. 'Ze schetsen een beeld dat niet waar is, en ik kan het niet tegenhouden.'

'Nou, je kunt het niet tegenhouden door je te verstoppen,' zei Jessie, die naast haar ging zitten en haar op haar schouder klopte. 'Kijk, Myst, als je om hem geeft, moet je het hem *laten zien*. Neem de regie over het verhaal. Zet de boel recht, op jouw manier.'

'De boel rechtzetten?' herhaalde Myst fronsend.

'Ja. Laat die gieren niet langer jouw verhaal voor je vertellen. Je bent *Myst*, in godsnaam. Ze hangen aan je lippen. Gebruik dat. Zorg dat ze luisteren,' drong Jessie aan, haar nuchtere toon keerde terug. 'Dit is *jouw* relatie. Laat ze het niet verpesten voordat jullie überhaupt een eerlijke kans hebben gehad.'

'Bedoel je de publiciteit opzoeken? Maar George...' Myst zweeg en beet op haar lip. 'Wat als hij niet wil dat ik dat doe?'

'Dan is hij een idioot,' snauwde Jessie zonder aarzeling. 'Maar ik denk niet dat hij dat is. Hij houdt van je, Myst. Hij is gewoon bang. Dus geef hem geen redenen meer om te twijfelen, oké?'

Myst ademde trillend uit, terwijl het gewicht van Jessie's woorden in haar borst landde. 'Oké,' zei ze zacht. 'Ik ga het doen.'

'Uitstekend.' Jessie kwam weer overeind. 'Ik ga terug naar bed.'

'Sorry,' zei Myst verlaat, maar Jessie lachte en boog zich voorover om haar te omhelzen.

'Ik hou van je, nicht. Verpest dit nou niet, oké? George is een goede vent, misschien wel de eerste die je ooit hebt gevonden. Hou je met beide handen goed vast en laat niet los!'

Myst zat met gekruiste benen op het hotelbed, haar laptop rustte wankel op een kussen voor haar. De skyline van Istanboel schitterde achter het enorme raam, maar ze merkte het nauwelijks op. Haar vingers zweefden boven het toetsenbord, gespannen en trillend, alsof de woorden die ze op het punt stond te typen evenveel wogen als de stad zelf.

'Kom op,' mompelde Myst binnensmonds, terwijl ze een lok donker haar uit haar gezicht blies. Jessie's stem galmde nog steeds in haar hoofd: *'Neem de regie over het verhaal.'* Makkelijker gezegd dan gedaan. Ze had dit bericht al minstens zes keer geschreven en weer verwijderd, waarbij elke poging ofwel te defensief ofwel te vaag klonk. En dan was er George, hoe zou hij zich voelen als ze hun leven nog feller in de schijnwerpers zette? Had ze überhaupt het recht om dit te doen nu hij haar telefoontje niet had beantwoord?

Haar lichtblauwe ogen schoten naar haar telefoon die naast haar lag. Niets. Geen appjes, geen gemiste oproepen. Alleen stilte.

'Oké,' ademde ze, en ze vermande zich. 'Gewoon... eerlijk zijn.' Dat was toch wat ze haar fans altijd vertelde? Wees authentiek, wees echt. Dus waarom voelde het alsof het blootleggen van haar ziel online zoveel moeilijker was dan erover zingen op een podium voor duizenden mensen?

Ze begon te typen, de toetsen klikten zachtjes in de stille kamer.

'Hoi allemaal, ik wilde even de tijd nemen om jullie te bedanken voor alle liefde en steun die jullie me de afgelopen weken hebben getoond. Het betekent alles voor me om te weten dat mijn muziek jullie raakt...'

'Ugh, te formeel,' kreunde ze, terwijl ze verwoed de backspace-toets indrukte. Na een pauze probeerde ze het opnieuw.

'Hey mensen. Het is de laatste tijd een beetje gekkenhuis en ik heb wat dingen voorbij zien komen waar ik op wilde reageren...'

Beter. Eerlijk, maar niet dramatisch. Haar vingers bewogen nu sneller, de woorden kwamen er in stukjes uit, rauw en ongepolijst.

'Ik hou van wat ik doe, en ik ben zo dankbaar dat ik het met jullie allemaal kan delen. Maar soms kan het overweldigend zijn om in de publieke belangstelling te staan. Er zijn delen van mijn leven die ik alleen voor mij wil houden. Voor ons.'

Myst aarzelde, haar hart bonkte hard tegen haar ribben. Dit was het punt waarop ze zich kon terugtrekken, het zichzelf gemakkelijk kon maken. Maar Jessie's woorden kwamen weer naar boven: *'Geef hem geen redenen meer om te twijfelen.'*

Ze typte de volgende regel langzaam, weloverwogen.

'Ik heb het geluk dat ik iemand heb die me door alles heen steunt, zelfs als het niet gemakkelijk is.'

Ze scrolde door haar fotogalerij en selecteerde de foto die ze in gedachten had, een die Jessie had gemaakt van haar en George samen. Ze leunde tegen zijn borst, keek naar hem op met een blik van aanbidding op haar gezicht, maar zijn gezicht was van de camera afgewend. Hij was niet herkenbaar, behalve door zijn postuur... maar iedereen die hen samen had gezien, of misschien iedereen die George goed kende, zou zeker zijn van zijn identiteit.

Haar duim zweefde boven de 'Posten'-knop. De cursor knipperde verwachtingsvol op het scherm en daagde haar uit. Wat als dit de zaken erger maakte? Wat als George het zag en dacht dat ze roekeloos was, of erger nog, wanhopig? Wat als...

'Doe het,' fluisterde ze tegen zichzelf. Toen, voordat ze nog langer kon twijfelen, drukte ze op 'Posten.'

Het bericht ging live en Myst zette onmiddellijk de laptop opzij en trok haar knieën op naar haar borst. Ze staarde naar haar telefoon, wachtend op de eerste meldingen die zouden verschijnen. Ze kwamen in golven, zoals altijd. Likes, reacties, shares. Haar fans waren snel. Sommige reacties toverden een glimlach op haar gezicht; degenen die haar dapper noemden, hartjes en steunbetuigingen stuurden. Andere... nou ja, de speculaties begonnen vrijwel onmiddellijk.

'Wie is die mysterieuze man?'

'Is het Antoine??'

'Echt niet, die man is reusachtig vergeleken met Antoine!'

'Ze ziet er gelukkig uit; wie hij ook is, hij heeft een glimlach op haar gezicht getoverd! Arme Antoine!'

'Arme Antoine, ammehoela,' mompelde Myst sarcastisch en rolde met haar ogen. Toch trok er een kleine knoop in haar maag samen. Zichzelf zo blootgeven voelde als koorddansen zonder vangnet. Kwetsbaar zijn was niet echt haar ding, tenminste, niet buiten het podium.

Maar voor George zou ze haar ziel blootleggen voor de hele wereld.

'Heb je dit gezien?' Sophie, de jongste zus van George, schoof haar telefoon over de eettafel naar hem toe, waarbij ze bijna zijn glas water omstootte. 'Het staat overal op social media.'

'Voorzichtig, Soph,' mompelde George en keek met tegenzin naar het scherm. Hij was net halverwege een hap van zijn moeders geroosterde lamsvlees van het zondagdiner, maar de foto van Mysts Instagrampost deed hem verstijven. Zijn vork bleef halverwege zijn mond hangen.

'Aardig van haar om je te noemen zonder je daadwerkelijk te noemen,' plaagde Sophie met een ondeugende grijns. 'Heel subtiel.'

'Laat hem met rust,' viel hun moeder haar in de rede, hoewel zelfs zij een veelbetekenende blik had. 'Hij heeft het niet nodig dat jij de boel opstookt.'

'Ze stookt de boel niet op,' zei George snel, hoewel het zijn stem aan overtuiging ontbrak. De woorden op Mysts post vervaagden een beetje terwijl zijn gedachten op hol sloegen. Ze had het voor hem gedaan. Ze had het risico genomen, zichzelf kwetsbaar opgesteld en haar fans om privacy gevraagd. Voor *hen*. Een scherp en onwelkom schuldgevoel sloop naar binnen. Hier zat hij, te piekeren en te twijfelen, terwijl Myst gevechten leverde die hij niet eens kon beginnen te begrijpen.

'George,' zei zijn moeder zacht, terwijl Sophie en Ellie borden begonnen af te ruimen, wat zijn gedachten doorbrak. 'Je hebt je eten nauwelijks aangeraakt. Wat is er aan de hand?'

'Niets,' loog hij automatisch.

'Vertel mij wat.' Ze reikte over de tafel en legde een hand op de zijne. Haar aanraking was warm, aardend. 'Praat met me.'

Zijn zussen wisselden een blik en verontschuldigden zich prompt, waardoor George alleen achterbleef met zijn moeder, een situatie die hij maar al te goed herkende. Hij zuchtte.

'Myst heeft iets gepost,' gaf hij toe, terwijl hij vaag naar Sophies achtergelaten telefoon gebaarde. 'Over ons.'

'Dat is toch iets goeds?' vroeg zijn moeder.

'Ja, maar...' George streek met een hand door zijn haar, terwijl de frustratie in hem opborrelde. 'Het is ingewikkeld. Dit hele gedoe is ingewikkeld. De hele wereld kijkt naar elke stap die ze zet, mam, en ik... ik weet niet of ik in die wereld pas. Ik bedoel, kijk naar me. Ik ben maar gewoon een rugbyspeler van de Gold Coast.'

'Gewoon een rugbyspeler?' Zijn moeder hield haar hoofd schuin en haar uitdrukking werd zachter. 'George, je bent nooit 'gewoon' iets geweest. En zij duidelijk ook niet. Daarom past het tussen jullie.'

'Maar is dat wel zo?' Hij fronste en leunde achterover. 'Wat als het te moeilijk is? Wat als ik het verpest?'

'Of,' zei ze zachtjes, 'wat als je stopt met zo bang te zijn en uitzoekt hoe je het kunt laten werken?'

Haar woorden raakten hem recht in zijn hart. George keek weg en staarde naar de ingelijste familiefoto's aan de muur. Een van hem als kind, modderig en grijnzend na een wedstrijd. Een andere van zijn ouders op hun trouwdag. Zijn zus Amanda die uit het water kwam na het voltooien van haar eerste Iron Woman-triatlon. Geen van die foto's toonde iets makkelijks, maar ze toonden liefde. Inspanning. Toewijding.

'Ze riskeert veel voor je, George,' voegde zijn moeder er zachtjes aan toe. 'Als je van haar houdt, en ik denk dat je dat doet, dan ben je het aan jullie beiden verplicht om het te proberen.'

De knoop in zijn maag ontspande zich een klein beetje. Misschien had ze gelijk. Misschien ging het er niet om in Mysts wereld te passen of haar in de zijne te laten passen. Misschien ging het erom samen iets nieuws op te bouwen. Iets waar het voor waard was om voor te vechten.

George ijsbeerde over zijn kleine balkon buiten zijn appartement, telefoon in de hand, terwijl de koele avondbries vanaf de oceaan naar binnen woei. Het verre gebulder van de golven was geen partij voor het bonzen van zijn eigen hartslag terwijl hij naar Mysts contactnaam op het scherm staarde. Hij streek met zijn hand door zijn haar en trok lichtjes aan de punten.

'Oké, maat,' mompelde hij binnensmonds, zijn duim zweefde boven de belknop. 'Je hebt in een wereldbekerfinale gespeeld. Je kunt verdomme toch wel één telefoontje plegen.'

Toch trok zijn borstkas samen toen hij dacht aan zijn laatste bericht, dat hij in frustratie had gestuurd, terwijl de twijfel aan zijn vastberadenheid knaagde. *Ik denk niet dat ik hiervoor in de wieg ben gelegd.* Het was impulsief, oneerlijk en laf geweest. En nu, na het zien van haar post, haar kwetsbare poging om vast te houden aan wat ze hadden, ondanks alles, was hij haar meer verschuldigd dan alleen een appje.

Hij haalde diep adem en drukte op de knop voordat hij zichzelf ervan kon weerhouden. De lijn ging een, twee keer over en toen klonk er een klik.

'Hallo?' klonk Mysts stem, zacht maar voorzichtig.

'Hé.' George schraapte zijn keel en klemde zich vast aan de rand van de reling alsof het metaal hem kon verankeren. 'Ik ben het.'

'George,' zei ze, en er was iets in de manier waarop ze zijn naam uitsprak, opluchting misschien, of hoop, dat ervoor zorgde dat hij zichzelf nog iets meer haatte voor de stilte tussen hen in.

'Ja. Kijk, ik...' Hij zweeg en staarde naar de horizon waar de lucht overging in de zee. Woorden waren nooit zijn sterkste punt, niet zoals bij haar, maar hij zette toch door. 'Ik heb je post gezien.'

Ze zei niets, maar hij hoorde haar ademen.

'Ik heb het verpest, Myst. Dat appje... het was niet eerlijk. Of waar. Ik heb gewoon... geworsteld. Met de afstand. Met hoe verschillend onze levens zijn. Maar dat is niet jouw schuld. Het is de mijne. En het spijt me.'

Zijn maag draaide zich om terwijl hij wachtte, elke seconde duurde langer dan de vorige.

'Dank je dat je dat zegt,' antwoordde Myst eindelijk, haar stem een beetje trillerig. 'Het was voor mij ook moeilijk, George. Heel moeilijk. Maar ik begrijp het, echt. Onze werelden... die zijn niet bepaald ontworpen om naadloos in elkaar over te lopen, hè?'

'Niet eens een beetje,' gaf hij toe met een droge grinnik. 'Maar ik...' Hij hield zich in en ademde diep in. 'Ik wil dat niet langer als excuus gebruiken. Ik mis je, Myst. Elke dag. En ik denk dat ik tot nu toe niet klaar was om toe te geven hoeveel.'

Haar zucht kraakte zacht door de telefoon, warm en vertrouwd. 'Ik mis jou ook,' zei ze, en hij hoorde de glimlach in haar stem. 'En je hebt gelijk, het is niet makkelijk. Maar de dingen die de moeite waard zijn, zijn nooit makkelijk, toch?'

'Inderdaad,' herhaalde hij, terwijl een glimlach om zijn mondhoek trok. Voor het eerst in dagen begon de knoop in zijn borst te ontspannen.

'Laten we elkaar iets beloven,' zei ze, haar toon werd iets lichter. 'Niks meer opkroppen. Als we ons overweldigd voelen, praten we erover. Afgesproken?'

'Afgesproken,' zei hij zonder aarzelen. 'Zelfs als dat betekent dat ik moet toegeven dat ik er vreselijk slecht in ben om kalm te blijven als ik roddelbladen vol onzin zie over jou en die Franse kerel.'

'Antoine,' corrigeerde ze lachend. 'En geloof me, ik erger me net zo aan die geruchten als jij. Maar ik los het wel op. Ik wil niet dat er iets tussen ons komt, George. Hij niet, de media niet, helemaal niets.'

'Goed,' zei George, nu grijnzend, terwijl de spanning in zijn schouders afnam. 'Want ik ga nergens heen. Nou ja, behalve naar de training morgenochtend. Maar je weet wat ik bedoel.'

'Over ergens naartoe gaan gesproken,' zei Myst, haar toon veranderde in iets lichters, bijna plagend. 'Ik ben over een paar weken in Dubai. Denk je dat je een snel tripje kunt regelen? Ik hoor dat de stad behoorlijk romantisch is deze tijd van het jaar.'

'Dubai, hè?' Hij leunde achterover tegen de reling en berekende in gedachten al de logistiek. Trainingsschema's, vluchten, hersteldagen. Het zou krap worden, maar hij kon het regelen als hij met de coach praatte. Hij *zou* het regelen. 'Ik weet vrij zeker dat ik dat voor elkaar kan krijgen. Misschien neem ik zelfs wat Vegemite voor je mee als je geluk hebt.'

'Ah, omkoping,' zei ze met een gespeelde ademhaling. 'Hoe zou ik dat ooit kunnen weerstaan?'

'Precies,' zei hij, zijn grijns werd breder. Voor het eerst in wat een eeuwigheid leek, stond hij zichzelf toe het zich voor te stellen, haar weer te zien. In dezelfde kamer staan, met haar lachen in plaats van in een telefoon. Het voelde alsof de zon doorbrak na een storm.

'Oké dan,' zei Myst, haar stem werd weer zachter. 'Het is een date.'

'Ja,' antwoordde George, het woord nestelde zich warm in zijn borst. 'Het is een date.'

Hoofdstuk Zestien

Toen het vliegtuig onder een wolkendek dook, leunde George dichter naar het kleine raampje. De stad strekte zich onder hem uit als een glinsterende schatkist; de wolkenkrabbers fonkelden tegen de vervagende gloed van de woestijnzonsondergang. Dubai was niet alleen groot, het was weelderig. Zelfs vanuit de lucht voelde het als een compleet andere wereld, eentje waarvan hij nog niet helemaal wist hoe hij er zijn weg moest vinden. Een nerveuze spanning nestelde zich in zijn maag, maar hij schoof het opzij. Hij was hier voor haar, voor *hen*. En dat was het allerbelangrijkste.

'Cabinepersoneel, maak u gereed voor de landing,' kraakte de aankondiging door de luidsprekers, wat hem uit zijn gedachten trok. George ademde langzaam uit en streek met een hand door zijn korte, ietwat verwarde haar.

Zijn vingers streken langs de rand van de armleuning en klopten een onregelmatig ritme, een gewoonte van hem als hij rusteloos was.

Tegen de tijd dat hij uit het vliegtuig stapte en de warme, geparfumeerde lucht van de terminal inademde, was zijn hartslag tot rust gekomen. Myst had natuurlijk alles geregeld; haar oog voor detail was in elke stap van het proces duidelijk. Een man in een strak zwart pak begroette hem met een beleefd knikje en leidde hem naar een glimmende privéauto die buiten stond te wachten. De leren stoelen verzwolgen George bijna toen hij instapte.

De chauffeur liet de auto soepel de weg op glijden en voegde naadloos in op de goed verlichte straten. George zag de stad langs de getinte ruiten voorbijglijden; de onmogelijk schone trottoirs en silhouetten van onberispelijk geklede vreemdelingen. Alles aan deze plek straalde pure weelde uit, en hoewel het oogverblindend was, was het ook intimiderend. Hij moest onwillekeurig aan thuis denken, aan de relaxte, uitgestrekte stranden van de Gold Coast, de zoute bries die na een training door zijn haar woelde. Maar dit? Dit was de wereld van Myst. Glorieus. Groots. Een beetje beangstigend.

'Oké, maat,' mompelde George binnensmonds en ging rechterop zitten. 'Je kunt dit.'

De deur van Mysts suite zwaaide open voordat George twee keer kon kloppen en onthulde haar tengere gestalte, omlijst door de gouden gloed van de kamer achter haar. Ze was op blote voeten en gekleed in losse, zijdeachtige loungewear die zachtjes glansde als ze bewoog. Haar donkere haar viel los over haar schouders en haar lichtblauwe ogen werden groot toen ze de zijne ontmoetten.

'George!' riep ze uit, haar stem overslaand in een verrukte lach. Voordat hij kon antwoorden, wierp ze zich in zijn armen en sloeg die stevig om zijn middel. Haar hoofd kwam nauwelijks tot aan zijn borst, maar wat ze in lengte miste, maakte ze goed met puur enthousiasme.

'Hé, hé, rustig aan,' plaagde George, ving haar moeiteloos op en lachte toen hij een halve stap achteruit wankelde. 'Je slaat me nog tegen de vlakte als je niet oppast.'

'Met die rugbyspieren? Geen schijn van kans,' antwoordde ze gevat en deed net genoeg een stapje terug om hem aan te kunnen kijken. Er was een speelse twinkeling in haar ogen, maar haar uitdrukking werd zachter toen ze zijn gezicht bestudeerde. 'Ik heb je gemist,' zei ze, stiller nu, en de woorden hadden meer gewicht dan hun eenvoud deed vermoeden.

'O ja?' George grijnsde en streek een losse haarlok van haar wang. 'Nou, ik heb jou *en* het geluid van jou die mijn spieren ophemelt gemist. Dus we staan kiet.'

Myst rolde met haar ogen, maar lachte; het geluid vulde de ruimte tussen hen in als muziek. Ze pakte zijn hand, trok hem mee naar binnen en sloot de deur met een zachte klik. De suite was net zo extravagant als de stad zelf, met zachte meubels, ramen van de vloer tot het plafond met uitzicht op de skyline, en een marmeren tafel versierd met verse bloemen en een ongeopende fles champagne in een ijsemmer. Maar George merkte er amper iets van. Zijn aandacht was volledig op Myst gericht.

'Hoe kun je er zo goed uitzien na weken onderweg te zijn geweest?' vroeg hij en trok een wenkbrauw op, terwijl ze op de bank ging zitten en op de plek naast haar klopte.

'Magie,' antwoordde ze nuchter en klopte op haar wangen alsof ze haar punt wilde benadrukken. 'En misschien een beetje cafeïne. Oké, een heleboel cafeïne.'

'Dat dacht ik al,' zei hij en liet zich met een zucht naast haar zakken. 'Ik ben volgens mij tien jaar ouder geworden, alleen al door de vliegreis hierheen.'

'Arme schat,' plaagde Myst en legde haar hand lichtjes op zijn knie. Haar stem werd weer zacht, haar glimlach weemoedig. 'Je had echt niet helemaal hierheen hoeven komen, weet je.'

'Natuurlijk wel.' George draaide zich naar haar toe, zijn blik vastberaden en oprecht. 'Dit is niet zomaar een bezoekje, Myst. Dit zijn wij die uitzoeken hoe we dit kunnen laten werken. Jij en ik. En voor de goede orde,' hij stak zijn hand uit en streek met zijn duim langs haar kaaklijn, 'ik zou elk moment voor je naar de andere kant van de wereld vliegen.'

Een ogenblik sprak geen van beiden. Myst leunde tegen zijn aanraking aan, haar ogen fladderden dicht terwijl de spanning van de afgelopen weken leek weg te smelten. Toen, zonder waarschuwing, schoof ze dichterbij, kroop tegen hem aan en liet haar hoofd tegen zijn borst rusten. George sloeg instinctief een arm om haar heen en drukte een kus op haar kruin.

'Ik heb je elke dag gemist,' mompelde hij in haar haar, zijn stem laag en ruw.

'Elke dag?' vroeg ze, terwijl ze haar hoofd net genoeg kantelde om naar hem op te kijken; een vage grijns speelde om haar lippen.

'Absoluut elke dag,' bevestigde hij.

'Goed,' fluisterde Myst en nestelde zich weer tegen hem aan. 'Want ik heb de dagen ook geteld.'

Ze voelde als thuis, besefte George met een plotselinge, verblindende flits van helderheid. Hij had zich niet helemaal lekker in zijn vel gevoeld sinds hij Rome had verlaten; alles had op de een of andere manier subtiel *anders*, onbekend, aangevoeld, zelfs de keuken van zijn moeder en zijn dagelijkse trainingsroutine. Maar hier, in een kamer die hij nog nooit van zijn leven had gezien, was *thuis* de slanke vrouw die in zijn armen lag. Hij hield haar steviger vast en sloot zijn ogen, ademde de geur van haar haar in en ontspande zich voor het eerst in weken volledig.

'Oké, kanjer,' zei Myst na een paar minuten. 'Ik heb een verrassing voor je.'

'Nog een?' plaagde George en trok een wenkbrauw op toen ze opstond en naar de piano in de hoek liep... een piano in een hotelsuite! Haar management had hier zeker kosten noch moeite voor haar gespaard. 'Als je zo doorgaat, word ik nog verwend.'

'Alsjeblieft,' snoof Myst en rolde met haar ogen. 'Jij bent onmogelijk te verwennen. Te nuchter of zoiets.' Ze ging op de pianokruk zitten, haar vingers streken over de toetsen zonder ze in te drukken. Toen werd haar uitdrukking zachter, een zweem van kwetsbaarheid brak door haar masker van zelfvertrouwen. 'Maar... dit is anders. Hier heb ik weken aan gewerkt. Voor jou.'

George verstijfde midden in zijn beweging om naar haar toe te lopen, zijn blik op haar gericht. 'Voor mij? Bedoel je, dat liedje... de tekst die je me in de trein liet zien?'

'Ja,' mompelde ze, en keek nu naar de piano, plotseling verlegen. Haar handen zweefden nog een moment boven de toetsen voordat ze diep ademhaalde en begon te spelen.

De eerste noten waren delicaat, aarzelend, als een gefluister op de wind. Maar toen Myst in de melodie opging, steeg haar stem, zacht maar vol, elk woord doordrenkt van rauwe emotie. De tekst schilderde hun verhaal in levendige streken: de schok van de liefde op het eerste gezicht, de pijn van afstand, het gewicht van verwachtingen, de stille vreugde van gestolen momenten. Het was alsof ze in hun gedeelde herinneringen had gegrepen en ze had verweven tot iets tastbaars, iets eeuwigs.

George bewoog niet. Hij kon het niet. Zijn voeten leken vastgelijmd aan het zachte tapijt, zijn borstkas werd met elke regel die ze zong strakker. Haar stem vulde de kamer en sloeg zich als een warme omhelzing om hem heen; voor het eerst in zijn leven voelde hij zich volledig onbeschermd. Kwetsbaar op de best mogelijke manier.

Toen de laatste noot in stilte vervaagde, keek Myst hem aan, haar lichtblauwe ogen zochten zijn gezicht af. 'Nou?' vroeg ze zacht, bijna nerveus. 'Wat vind je ervan?'

George knipperde met zijn ogen en besefte te laat dat ze vol tranen stonden. Hij liet een wankele lach ontsnappen en veegde met de rug van zijn hand over zijn wang. 'Myst,' zei hij, zijn stem dik van emotie. 'Dat is... dat is het mooiste wat ik ooit heb gehoord. Ik heb er geen woorden voor.'

'Mooi zo,' antwoordde ze gevat, hoewel haar eigen stem lichtjes trilde toen opluchting over haar gezicht spoelde. 'Dan heb ik mijn werk goed gedaan.'

Hij stak de kamer in twee lange passen over, nam haar gezicht in zijn handen en kantelde haar hoofd omhoog, zodat ze nergens anders naar kon kijken dan naar hem. 'Je hebt niet alleen je werk gedaan,' zei hij ernstig. 'Je hebt me iets gegeven dat ik nooit zal vergeten. Dank je wel.'

Ze glimlachte, leunend in zijn aanraking, en een moment lang bleven ze zo: zij zittend op de pianokruk, hij boven haar uittorenend, hun voorhoofden bijna tegen elkaar.

'Ik heb blijkbaar een talent om stoere rugbyspelers aan het huilen te maken,' plaagde ze na een moment, haar grijns weer speels.

'Overdrijf niet,' kaatste George terug, hoewel zijn mondhoeken ondanks zichzelf omhoogkrulden. Hij boog zich voorover om haar te kussen, langzaam en bedachtzaam, alsof hij alle dankbaarheid en liefde die hij niet in woorden kon vatten, direct in het gebaar wilde overbrengen.

Myst smolt tegen hem aan, stond op om de afstand tussen hun lichamen te overbruggen. 'Kom hier,' fluisterde ze en trok hem aan zijn hand mee naar het enorme bed met frisse, witte lakens. 'Vannacht gaat het niet om schema's of krantenkoppen of iets anders. Het gaat alleen om ons.'

George knikte en trok haar dichter naar zich toe totdat er geen ruimte meer tussen hen was. Hun lippen vonden elkaar weer, en deze keer verdiepte de kus, beladen met het gewicht van alles wat ze hadden meegemaakt en alles wat ze nog hoopten op te bouwen.

Terwijl Mysts lied zachtjes op de achtergrond speelde, in een lus op het strakke geluidssysteem, verloren ze zichzelf in elkaar. Elke streling voelde als een belofte, elke gefluisterde naam als een anker dat hen aan dit moment vastklonk. Buiten het glas fonkelde Dubai met zijn eindeloze geroezemoes van leven, maar binnen deze muren was het stil, enkel het ritme van hun ademhaling, het glijden van huid op huid en de muziek die ze samen hadden gecreëerd.

'Kom op, hij gaat over,' zei George en stootte Myst zachtjes met zijn schouder aan, terwijl ze met gekruiste benen op het zachte tapijt van haar hotelsuite zaten. Zijn telefoon stond wankel op een stapel onderzetters, het scherm toonde een draaiend cirkeltje terwijl het videogesprek verbinding maakte.

'Oké, oké,' mompelde Myst en streek voor de derde keer een onzichtbare kreukel in haar luchtige blouse glad. Haar vingers frunnikten aan de zoom terwijl ze naar George keek, haar lichtblauwe ogen groot van de zenuwen. 'Wat als ze me niet mag?'

'Onmogelijk,' zei George zonder aarzelen. Hij reikte naar haar knie en gaf die een geruststellende kneep, zijn duim streek over de zachte stof van haar legging. 'Mam zal je geweldig vinden. Wees gewoon jezelf.'

'Daar ben ik juist bang voor,' mompelde Myst binnensmonds, maar voordat ze verder in paniek kon raken, lichtte het scherm op en verscheen er een warm, lachend gezicht.

'George!' De stem was onmiskenbaar Australisch, vol genegenheid. Een vrouw met zandblond haar in een losse knot opgestoken, leunde dichter naar de camera. Achter haar kwam de gezellige keuken van de familie Dennis in beeld; warme houten kasten, een koelkast vol met magneten en het vage geluid van een fluitketel op de achtergrond. 'O, wat fijn om je gezicht te zien, lieverd! En dit moet Myst zijn! Ik sta te popelen om je te ontmoeten, lieverd.'

'Hallo, mevrouw Dennis,' zei Myst snel, haar stem helder maar een beetje trillerig. Ze gaf een klein wuifje, haar tere hand zweefde ongemakkelijk bij haar gezicht. 'Het is zo fijn om je te ontmoeten... nou ja, min of meer te ontmoeten.'

'Zeg maar Julie, lieverd,' zei Georges moeder en haar glimlach werd breder. 'Ik heb alleen maar prachtige dingen over je gehoord. Mijn jongen kan niet ophouden over je te praten, eigenlijk.'

'Dat is wel genoeg, mam,' viel George haar in de rede, zijn wangen werden een beetje rood. Hij krabde in zijn nek en wierp Myst een schaapachtige grijns toe.

'Niet zo bescheiden, George,' plaagde Julie en wuifde hem weg. 'Myst, je bent adembenemend! En ik weet dat je de stem van een engel hebt. Ik kan niet wachten om je echt te ontmoeten als je ons komt opzoeken.'

'Dank je wel,' antwoordde Myst, haar stem nu zachter, de spanning viel van haar schouders. Iets aan Julies warmte voelde ontwapenend, oprecht, en Myst merkte dat ze makkelijker glimlachte. 'Ik kijk er ook echt naar uit.'

'Goed zo, meid,' zei Julie goedkeurend. 'En George, zorg er dan voor dat je haar niet afschrikt. Laat haar niets van jouw kookkunsten eten...'

'Oké, oké,' onderbrak George haar, speels kreunend terwijl Myst naast hem grinnikte. 'We bellen later verder, ja? Ik hou van je, mam.'

'Ik ook van jou, schat,' zei Julie en blies een kus naar het scherm voordat de verbinding werd verbroken.

'Zie je nou? Ik zei toch dat ze je geweldig zou vinden,' zei George en draaide zich met een triomfantelijke grijns naar Myst.

'Ze is geweldig,' gaf Myst toe, haar ogen nog steeds gekluisterd aan het nu lege scherm. 'En je accent wordt nog sterker als je met haar praat. Het is schattig.'

'Hé,' protesteerde George, hoewel zijn grijns alleen maar breder werd. 'Kijk maar uit, anders koop ik dat souvenir op de souk niet voor je.'

De volgende ochtend slenterden Myst en George naast elkaar door de drukke Oude Souk. De lucht was zwaar van de vermengde geuren van saffraan, oud en versgebakken platbrood. Verkopers riepen met melodieuze stemmen, hun woorden verweven in het levendige tapijt van kleuren om hen heen, van kitscherige plastic souvenirs tot rollen zijde, ingewikkelde lantaarns en rijen glinsterende sieraden.

'Kijk deze eens,' zei Myst, die abrupt stopte bij een kraampje waar fijne zilveren armbanden lagen uitgestald. Ze pakte er een op en de minuscule filigraanpatronen vingen het licht op toen ze hem in haar handen omdraaide. 'Is hij niet prachtig?'

'Niet slecht,' zei George, en kneep zijn ogen samen alsof hij de kwaliteit ervan beoordeelde. 'Maar je moet afdingen, toch? Ga je gang maar.'

'Ik? Oh, ik ben verschrikkelijk slecht in afdingen,' zei Myst lachend, maar de ondeugende twinkeling in haar ogen vertelde een ander verhaal. Ze wendde zich tot de verkoper, haar uitdrukking plotseling serieus. 'Oké, hoeveel voor deze armband?'

'Driehonderd dirham,' antwoordde de man met een geoefende glimlach.

'Driehonderd?' hapte Myst naar adem, en greep dramatisch haar borstkas vast. 'Daar koop ik een half vliegticket voor!'

'Een half ticket voor een heel klein vliegtuig,' grapte George zachtjes, wat hem een scherpe elleboogstoot in zijn ribben opleverde.

'Honderdvijftig,' bracht Myst ertegenin, terwijl ze hem negeerde. 'En ik doe er een gesigneerde cd bij.'

'Tweehonderd,' zei de verkoper na een moment, duidelijk geamuseerd door haar capriolen. 'Geen cd's. Ik gebruik Spotify.'

Daar moest George om lachen. Myst gaf hem nog een elleboogstoot.

'Hou op, je helpt niet. Honderdvijfenzeventig, laatste bod!'

De verkoper leek tevreden met die prijs, knikte en stak zijn hand uit.

'Deal,' verklaarde Myst, voordat ze zich met een zelfvoldane grijns tot George wendde. 'Zie je wel? Niet slecht.'

'Helemaal niet slecht,' gaf George toe, en overhandigde het geld voordat Myst haar portemonnee kon pakken. Hij maakte zelf de armband om haar pols vast, zijn grote handen zacht. 'Zo. Een souvenir voor als je me mist.'

'Brutaal,' zei Myst, maar haar toon was zacht terwijl ze de armband bewonderde en haar vingers lichtjes over het koele metaal streken. 'Dank je wel.'

'Altijd,' zei George, en drukte een kus op haar kruin voordat hij haar naar het volgende kraampje stuurde.

Tegen de middag dreven ze over de Dubai Creek in een traditionele abra, de torenhoge skyline van de stad weerspiegeld in het glinsterende water om hen heen. Myst leunde tegen George aan en maakte selfies terwijl hij probeerde, en faalde, om zijn ogen open te houden tegen de felle zon en de jetlag die zijn tol begon te eisen.

'Luister eens, maat,' zei hij na een tijdje tegen de schipper. 'Wat is het meest authentieke gerecht dat ik moet proberen?'

'Machboos,' antwoordde de man zonder aarzelen. 'Het is kip met rijst,' legde hij uit toen George de vraag stelde.

'Klinkt goed,' zei George, hoewel hij aarzelde op het moment dat het bord die avond op hun eettafel verscheen. 'Eh... hoort het er zo uit te zien?'

'Niet zo onbeleefd,' vermaande Myst hem lachend, terwijl ze toekeek hoe hij met zijn vork in de geurige rijst en het gekruide vlees prikte. 'Probeer het tenminste.'

'Goed dan,' mopperde George en nam een voorzichtige hap. Zijn gezicht vertrok onmiddellijk, en Myst schoot dubbel van het lachen.

'Geen fan?' wist ze tussen het giechelen door uit te brengen.

'Laten we zeggen dat mijn smaakpapillen er niet klaar voor waren,' zei George, en schoof het bord naar haar toe. 'Jouw beurt.'

'Graag,' zei Myst, nam een hap en neuriede waarderend. 'Mmm, heerlijk. Daarom heten het zeker *smaak*papillen, je moet wel smaak hebben.'

'Ja ja,' zei George, rolde met zijn ogen maar kon zijn grijns niet verbergen. 'Zeg het maar niet tegen mam, hè? Ze zal me er voor altijd mee pesten.'

Ze aten langzaam, pratend en lachend tussen de happen door, en deelden de borden. Het was een klein restaurant met een kleine binnenplaats, en na een tijdje zaten alleen zij tweeën daar nog, alleen in de stilte.

Myst leunde achterover in haar stoel en keek op naar de wolkenkrabbers die tot in de nachtelijke hemel reikten. 'Denk je er ooit over na hoe klein we zijn?' mompelde ze, haar stem bijna weemoedig. 'Zoals hier... al het lawaai doet er niet toe. De camera's niet, of de schema's, of... niks. Alleen wij.'

'Ja,' zei George, zijn blik op haar gericht in plaats van op de lucht. 'Daar denk ik de hele tijd aan.'

Ze draaide zich naar hem toe, haar uitdrukking veranderde lichtjes. 'Maar dan komt het lawaai altijd weer terug, hè?' Haar woorden bleven een moment in de lucht hangen, zwaar ondanks de zachte manier waarop ze ze had uitgesproken.

'Hé,' zei George, leunde naar voren en legde een hand op haar knie. 'Wat is er aan de hand?'

Myst aarzelde, beet op haar lip voordat ze de woorden er eindelijk uitgooide. 'Soms voelt het alsof mijn leven in honderd verschillende richtingen wordt getrokken. De tour, het album, interviews, optredens... Ik hou van wat ik doe, George. Echt waar. Maar dan denk ik aan jou, en aan ons, en...' Ze stopte en ademde scherp uit. 'Ik wil je niet verliezen omdat ik niet weet hoe ik alles in balans moet houden.'

'Hé.' Zijn hand gleed van haar knie om haar kleinere hand vast te pakken, zijn duim streek kalmerende cirkels over haar huid. 'Je gaat me niet verliezen, oké? We hebben allebei ons eigen gekke leventje, zeker. Maar als we willen dat dit werkt, dan vinden we er wel een weg in. Ik ben niet op zoek naar perfectie, Myst. Ik ben alleen op zoek naar *jou*.'

Haar lichte ogen glinsterden en vingen de gloed van de lantaarns op. 'Jij laat het zo eenvoudig klinken.'

'Dat betekent niet dat het dat ook zal zijn,' gaf hij toe, een kleine glimlach trok aan zijn mondhoek. 'Maar ik denk dat we de moeite waard zijn.'

Een lang moment sprak geen van beiden. Toen kantelde Myst haar hoofd, haar lippen krulden in die vertrouwde, ondeugende grijns. 'Je bent er irritant goed in om het juiste te zeggen, weet je dat?'

'Wen er maar niet aan,' grapte George, hoewel zijn grijns verzachtte tot iets oprechters. 'Maar serieus. Ik ga ervoor, Myst. Volledig.'

Ze knikte, kneep in zijn hand voordat ze zachtjes lachte. 'Oké, maar er is iets waar ik het met je over moet hebben.' Ze keek serieus.

'Ja? Wat dan?'

'Hoe we omgaan met al het mediadrama zodra ze achter ons komen. Ik word het zat om me te verstoppen en het komt vroeg of laat toch uit, en dan wordt het een gekkenhuis, met paparazzi die foto's van ons samen proberen te maken...'

'Laten we dan stoppen met ons te verstoppen,' zei George eenvoudig.

Myst knipperde met haar ogen, overrompeld. 'Wat bedoel je?'

'Ik bedoel, laten we de controle over het verhaal nemen. Het openbaar maken op onze voorwaarden, niet op die van hen. Als we hand in hand je afterparty binnenlopen, hebben ze niks meer om over te speculeren, toch? Je hebt het al aangekondigd in je Instagram-post, laten we een stap verder gaan en deze keer mijn gezicht laten zien. Laat ze maar alle foto's maken die ze willen.'

'Dat is... gedurfd,' zei ze, terwijl ze haar wenkbrauwen fronste en erover nadacht. 'Weet je zeker dat je klaar bent voor dat soort aandacht?'

'Het maakt niet uit of ik dat ben,' antwoordde George vastberaden. 'Wat ertoe doet, is of *wij* dat zijn. En ik denk dat we dat zijn.'

Myst aarzelde, haar tanden knabbelden weer op haar onderlip. Maar toen glimlachte ze, een beetje aarzelend, maar oprecht. 'Oké, kapitein. Laten we ze iets geven om over te praten.'

De camera's flitsten op het moment dat ze door de torenhoge dubbele deuren van de feestlocatie stapten. George knipperde met zijn ogen tegen de plotselinge lichtzee, zijn greep om Mysts hand werd iets steviger. Ze voelde het en kneep geruststellend terug, haar lichtblauwe ogen ontmoetten de zijne met een zachte glimlach die leek te zeggen: 'Dit kunnen we.'

De kamer was een werveling van decadentie; rijke goud- en diepblauwe tinten bedekten elk beschikbaar oppervlak en glinsterden onder kroonluchters die in een paleis thuishoorden. De elite uit de industrie mengde zich met de lokale royalty, hun gelach zweefde boven het zachte gedreun van Mysts muziek die op de achtergrond speelde.

Myst, gekleed in een strakke saffierblauwe jurk die haar frêle postuur precies omhelsde, straalde in de schijnwerpers. George kon het niet laten om weer naar haar te kijken, getroffen door hoe moeiteloos ze zich hier bewoog, alsof deze glitterwereld voor haar was gebouwd.

'Glimlach,' fluisterde ze, en leunde zo dichtbij dat haar woorden zijn oor kietelden. 'Je ziet eruit alsof je op het punt staat iemand te tackelen.'

'Een automatisme,' mompelde hij terug, zijn lippen trilden ondanks zichzelf in een grijns. Hij rolde met zijn brede schouders, probeerde te ontspannen, maar het marineblauwe maatpak voelde als een harnas, stijf en on-buigzaam.

Ze liepen verder de kamer in, hand in hand, en George merkte de subtiele verschuiving in de energie van de menigte op. Hoofden draaiden; gefluister fladderde van de ene hoek naar de andere. Een paar telefoons werden discreet, en niet-zo-discreet, op hen gericht, maar Myst wankelde niet. In plaats daarvan rechtte ze haar rug, haar glimlach werd breder alsof ze wilde zeggen: 'Kijk maar zoveel je wilt, ik verstop me niet meer.' George bewonderde haar erom, die stille opstandigheid verpakt in gratie.

'Hierheen, Myst!' Een verslaggever dook op, zijn camera als een wapen uitgestoken. 'Mogen we je even spreken? Is dit je vriend, de man van je Instagram-foto?'

George opende zijn mond, onzeker wat hij moest zeggen, maar Myst was hem voor.

'Ja,' ze pauzeerde, haar glimlach werd zachter, persoonlijker, toen ze naar hem opkeek. 'We zijn samen.'

George zette een glimlach op terwijl de camera's begonnen te flitsen, en ze stonden enkele minuten geduldig, terwijl de verslaggevers Mysts naam riepen en ze de ene na de andere camera aankeken.

'Dat is alles wat jullie vanavond krijgen,' zei ze ten slotte, haar toon licht maar beslist. Haar hand verliet die van George niet, zelfs niet toen ze zich een weg baanden langs een zee van geïntrigeerde gezichten.

'Dat heb je goed aangepakt, hè?' mompelde George toen ze een rustiger hoekje hadden gevonden, zijn duim streek over de hare.

'Jarenlange oefening,' grapte ze, hoewel haar uitdrukking verzachtte. 'Ben je oké?'

'Ja.' Hij knikte en keek om zich heen. 'Het is... anders. Maar niet slecht.'

'Anders is goed.' Ze kantelde haar hoofd, bestudeerde hem even voordat ze eraan toevoegde: 'Je doet het trouwens geweldig. Heel stoïcijns. Zoals een rugbykapitein hoort te zijn.'

'Stoïcijns. Juist.' Hij lachte schamper en schudde zijn hoofd. 'Ik weet vrij zeker dat ik er de helft van de tijd gewoon verward uitzie.'

'Nou, dan staat verwarring je heel knap.' Haar plagende toon liet hem grinniken, en voor het eerst die avond voelde hij dat hij erbij hoorde, niet omdat hij in haar wereld paste, maar omdat zij ruimte voor hem maakte.

Naarmate de avond vorderde, merkte George dat hij zich ontspande, er zelfs van genoot. Hij lachte zelfs toen een van haar bandleden gekscherend vroeg of hij hen kon leren hoe ze paparazzi moesten tackelen. Myst bleef dichtbij, haar aanwezigheid aardde hem, en tegen het einde van de avond realiseerde George zich iets belangrijks: hij hoefde niet te concurreren met haar glinsterende, chaotische wereld. Hij hoefde er alleen maar deel van uit te maken, en zij wilde dat hij dat was.

De volgende ochtend was de lucht tussen hen rustiger, zwaarder. George stond bij het grote raam van Mysts suite en staarde voor een laatste keer naar de skyline van Dubai. De stad glinsterde in het vroege zonlicht, gedurfd en onbeschaamd, net als zij.

'Je auto staat beneden,' zei Myst zacht achter hem. Haar stem was kalm, maar hij hoorde de breuk erin.

Hij draaide zich om, zijn borst voelde ongemakkelijk strak toen hij naar haar keek. Ze was nu casual gekleed, spijkerbroek en een losse blouse, maar op de een of andere manier zag ze er nog steeds uit als een ster. Misschien omdat ze dat voor hem altijd zou zijn.

'Ik wou dat je meeging,' zei hij eerlijk. Zijn koffer stond bij de deur, een onwelkome herinnering dat hun tijd om was.

'Ik ook.' Ze liep de kamer door en ging voor hem staan. 'Maar ik kom op bezoek. Zodra de tour voorbij is, beloofd. Ik moet zien waar je vandaan komt. Je familie ontmoeten.' Haar lippen trilden. 'Ik wed dat je moeder het diner al aan het plannen is.'

'Dat is ze,' gaf George toe met een wrange grijns. 'Ze heeft waarschijnlijk al drie menu's klaarliggen.'

'Goed.' Myst reikte omhoog en liet haar vingers over zijn kaak glijden. 'Ik kan niet wachten.'

De kus die ze deelden was langzaam, slepend en vol onuitgesproken woorden. Toen ze zich eindelijk terugtrokken, liet Myst haar voorhoofd tegen het zijne rusten, haar stem nauwelijks meer dan een fluistering. 'Dit kunnen we, George. Hoe moeilijk het ook wordt.'

'Ja,' antwoordde hij, zijn stem schor. 'Dit kunnen we.'

Hoofdstuk Zeventien

HET LAATSTE FLUITSIGNAAL SNEED door de vochtige lucht van de Gold Coast en George boog voorover, zijn handen op zijn knieën gestut, zijn longen brandden alsof de wedstrijd elk greintje zuurstof uit zijn lichaam had getrokken. Om hem heen barstte het publiek uit in een oorverdovend gebrul, hun gejuich golfde als golven over de tribunes van het stadion. Ondanks de pijn in zijn lichaam verscheen er een zegevierende grijns op zijn lippen. Het was ze gelukt. Zijn team had een van de zwaarste overwinningen van het seizoen binnengesleept.

'Hé, George!' Lachie sloeg een arm om zijn schouders, waardoor hij bijna opzij viel. 'Geweldig, man! Die try was verdomme een meesterwerk.'

George grinnikte, ademloos maar vol adrenaline. 'Teamwork, maat.' Hij gaf Lachie een klap op zijn rug en voegde zich bij de kluwen teamgenoten die zich in het midden van het veld hadden verzameld. Armen hingen over elkaars schouders en de opwinding van de overwinning bond hen hechter samen dan welk spelplan dan ook ooit zou kunnen. Zweet droop langs zijn slaap en vermengde zich met het zout van de triomf.

'Volgende rondje is voor jou, aanvoerder!' schreeuwde iemand door het gelach heen en George hief zijn armen in schijnbare overgave. 'Ja, ja, ik zal erover nadenken,' riep hij met een brede grijns. Dit waren zijn mensen. Zijn territorium. En vandaag waren ze de baas.

Toen de groep uiteen begon te gaan, sommigen op weg naar de kleedkamers, anderen nog wat bleven hangen voor interviews, scande George uit gewoonte de rand van het veld. De tribunes zaten nog vol met fans die met spandoeken zwaaiden en foto's maakten. Een zee van kastanjebruine en gouden shirts mengde zich met de zonsondergangkleuren die de lucht streepten. Toen, net voorbij de barrière die de menigte van het veld scheidde, was er iets, of liever iemand, die hem abrupt liet stoppen.

Myst stond daar, nonchalant tegen de reling geleund, haar tengere gestalte was zelfs te midden van de chaos onmogelijk te missen. Haar lange, donkere haar glinsterde in het vervagende licht, viel als zijde over haar schouders, en ze droeg een eenvoudig wit T-shirt in een verwassen spijkerbroek, met een fel sjaaltje om haar keel. Maar het was haar glimlach, stralend, ongeremd en recht op hem gericht, die de adem uit zijn longen sloeg.

'Verdomme,' mompelde hij binnensmonds, knipperend met zijn ogen alsof ze zou kunnen verdwijnen. Dat deed ze niet.

'Nou, sta daar niet zo te gapen,' plaagde Lachie, hem een elleboogstoot gevend voordat hij naar de kleedkamers rende. George merkte het amper. Zijn voeten droegen hem al voorwaarts en sneden met doelgerichte stappen over het gras.

'Ik dacht, ik verras je,' riep Myst toen hij dichterbij kwam, haar stem hoorbaar boven het lawaai. Er lag een ondeugende klank in haar toon die zijn hart deed overslaan. 'Ik vond dat het mijn beurt was om jou eens aan te moedigen.'

'Nou, dat verrast me,' zei hij, niet in staat de grijns te onderdrukken die zich over zijn gezicht verspreidde. Hij bereikte haar en trok haar zonder aarzelen in een knuffel, haar een beetje van de grond optillend. Ze lachte zachtjes, haar armen slingerden zich vanzelfsprekend om zijn nek. Haar warmte, haar geur, iets licht bloemigs vermengd met de geur van zeelucht, het gaf hem op een manier houvast die niets anders kon.

'Voorzichtig met dat geknuffel in het openbaar, aanvoerder,' plaagde ze toen hij haar weer neerzette. 'Je steelt straks de show van het team.'

'Ik? De show stelen?' Hij trok een wenkbrauw op en stapte een stukje achteruit om haar goed op te nemen. 'Dat heb jij al lang voor elkaar, schat. De helft van het publiek is waarschijnlijk al vergeten dat we überhaupt gewonnen hebben.' Iedereen om hen heen staarde en wees en hij zag waarschijnlijk vijftig telefoons in hun richting wijzen.

'Doe niet zo belachelijk,' reageerde Myst lachend. Haar lichtblauwe ogen schitterden van vermaak, het soort dat hem altijd volledig leek te ontwapenen. 'Dit is jouw wereld, niet de mijne.'

'Misschien,' gaf hij toe, zijn grijns veranderde in iets rustigers, iets persoonlijkers. 'Maar je past er verdomd goed in.'

Even vervaagde het lawaai van de menigte, de flitsende camera's, alles naar de achtergrond. Het waren alleen zij tweeën die daar stonden, haar aanwezigheid zo natuurlijk en standvastig als de aarde onder zijn sportschoenen. En voor het eerst in weken had George het gevoel dat hij eindelijk weer op adem kon komen.

George sloeg een arm om Myst's schouder terwijl ze langs de rand van het veld liepen. De lucht gonsde nog steeds van de energie van na de wedstrijd, zijn teamgenoten stonden in kleine groepjes bij de zijlijn, hun stemmen in feestvreugde stijgend en dalend.

'Hé, Dennis!' riep Lachie, met een grijns op zijn gezicht terwijl hij naar hen toe jogde. 'Dus dit is de beroemde Myst, hè? Eindelijk!'

'Beroemd?' zei George lijzig, zijn hoofd naar Myst gekanteld met een grijns. 'Daar weet ik niks van.'

'O, alsjeblieft,' onderbrak Lachie hem, zijn ogen groot terwijl hij haar aankeek alsof ze zojuist uit de hemel was neergedaald. 'Je bent Myst. Mijn moeder is een grote fan, ze zou me vermoorden als ik niet op zijn minst gedag zou zeggen.'

'Nou, dat kunnen we niet laten gebeuren, hè?' grapte Myst, haar lichtblauwe ogen fonkelden terwijl ze hem een hand toestak. 'Aangenaam kennis te maken, Lachie.'

'Het genoegen is geheel aan mijn kant,' stamelde Lachie, duidelijk zijn best doend niet over zijn woorden te struikelen. Hij schudde haar hand iets te enthousiast voordat hij achter in zijn nek krabde. 'Uh... zou je het erg vinden om snel op de foto te gaan? Voor mijn moeder, natuurlijk.'

'Natuurlijk,' herhaalde Myst met een plagende glimlach. Ze keek op naar George, die dapper probeerde niet te lachen, maar daarin faalde. 'Is dit hoe het voor jou is na een wedstrijd?'

'Ongeveer,' zei George schouderophalend. 'Behalve dat niemand mij ooit om selfies vraagt.'

'Dat komt omdat jouw talenten op het veld liggen,' zei Myst vlot en draaide zich weer naar Lachie. 'Niet dat ik het iemand kwalijk neem onder de indruk te zijn, het is behoorlijk ongelooflijk om deze man te zien spelen.'

'Oké, oké,' mompelde George, zijn oren werden heet ondanks zichzelf. 'Laten we mijn ego niet te veel opblazen.'

'Te laat,' plaagde Myst, even tegen zijn zij leunend terwijl Lachie met zijn telefoon stuntelde. Ze poseerde moeiteloos voor de foto, haar charme volkomen ontwapenend terwijl ze lachte en een nonchalante duim opstak naar Lachies camera.

'Hartelijk dank,' zei Lachie, praktisch stuiterend terwijl hij achteruitliep. 'Je bent een legende. O, en goede wedstrijd, Cap!'

'Ja, ja,' mompelde George en wuifde hem weg terwijl Myst een lach onderdrukte.

'Je vriend is aandoenlijk,' zei ze toen Lachie buiten gehoorsafstand was.

'Aandoenlijk was niet bepaald het woord waar ik aan dacht,' antwoordde George droog, hoewel er een vleugje vermaak in zijn uitdrukking lag. 'Kom mee, ik moet douchen en me omkleden.'

Het stadion was bijna leeg tegen de tijd dat ze een rustig plekje hoog op de tribunes vonden, het gebrul van de menigte was vervaagd tot een herinnering. George strekte zijn benen voor zich uit en legde een arm langs de rugleuning van de stoel achter Myst. Ze trok haar knieën op, haar armen eromheen geslagen terwijl ze naar het veld staarde waar de schijnwerpers lange schaduwen over het gras wierpen.

'Ik kan niet geloven dat dit je leven is,' zei ze zacht, een zweem van ontzag in haar stem. 'Om je daar te zien... het was alsof ik een heel andere kant van je zag.'

'Anders, hoezo?' vroeg hij, terwijl hij naar haar profiel keek. Haar haar ving het licht en viel in donkere golven over haar schouders.

'Alsof je daar thuishoorde,' zei ze en keerde zich om, om zijn blik te ontmoeten. 'Volledig, onmiskenbaar. Het is niet moeilijk te zien waarom iedereen tegen je opkijkt, op en buiten het veld.'

'Ik denk dat het niet zo anders is dan jou op het podium te zien,' antwoordde George na een moment, zijn stem nu stiller. 'Jij verlicht jouw wereld op dezelfde manier.'

Ze glimlachte daarom, een zachte, intieme glimlach die zijn borst op de best mogelijke manier deed samentrekken. 'Denk je dat echt?'

'Absoluut.' Hij reikte naar haar en streek een haarlok uit haar gezicht. 'Hoewel ik vermoed dat jij betere verlichting hebt.'

'Touché,' mompelde ze en leunde even tegen zijn aanraking aan voordat ze weer tegen de stoel ging zitten.

Een tijdje sprak geen van beiden, de stilte rekte zich comfortabel tussen hen uit. Het gewicht van alles wat ze hadden meegemaakt, individueel en samen, leek licht in de lucht te hangen, niet zwaar, maar aanwezig, als een draad die het ene moment met het volgende verbond.

'Best gek, hè?' zei Myst uiteindelijk. 'Hoe we hier zijn beland. Het voelt alsof we gisteren nog probeerden uit te zoeken of dit...' ze gebaarde tussen hen in, 'überhaupt zou kunnen werken.'

'Ja,' stemde George in, zijn stem warm. 'Maar we hebben het goed gedaan, hè?'

'Meer dan goed,' zei ze, haar lichtblauwe ogen ontmoetten de zijne opnieuw. 'Ik zou het voor niets willen ruilen.'

'Ik ook niet.' Hij legde zijn hand lichtjes op de hare, het simpele gebaar gaf hen beiden houvast. 'We hebben een lange weg afgelegd.'

'En we hebben nog meer te gaan,' voegde ze eraan toe, haar toon werd weer speels. 'Denk je dat je het kunt bijbenen, aanvoerder?'

'Jou?' Hij grijnsde en kneep zachtjes in haar hand. 'Altijd.'

De geur van eucalyptus vermengde zich met het watertandende aroma van sissende worsten toen George zijn pick-up de lange grindoprit opreed. Myst zat naast hem, haar vingers friemelden aan de rand van haar mouw. Ze was de laatste paar minuten stil geweest, haar gebruikelijke vloeiende gesprek was vervangen door een peinzende stilte.

'Ontspan,' zei George en keek haar aan met een scheve glimlach. 'Ze zullen dol op je zijn.'

'Dat is wat iedereen zegt vlak voordat het in romcoms vreselijk misgaat,' mompelde Myst, hoewel de hoeken van haar lippen omhoog krulden.

'Ik ben er vrij zeker van dat dit geen film is,' plaagde hij en reikte naar haar om zachtjes in haar knie te knijpen. 'En als het er wel een is, ben ik de ruig-knappe hoofdrolspeler die aan het eind het meisje krijgt.'

'Gedurfd van je om aan te nemen dat jij de hoofdrolspeler bent,' kaatste ze terug, haar nervositeit even vergeten toen ze een wenkbrauw naar hem optrok.

'We zullen er wel achter komen,' zei hij met een knipoog en zette de auto in zijn parkeerstand. Het oude huis in Queenslander-stijl doemde voor hen op, de witte houten gevel gloeide in de middagzon. Vanaf de veranda verscheen de moeder van George, enthousiast zwaaiend.

'Daar gaan we dan,' mompelde Myst binnensmonds toen ze uit het voertuig stapte.

'Hier gaan we dan voor alles,' corrigeerde George en sloeg een arm om haar schouders terwijl ze naar het huis liepen.

'George!' riep Julie en kwam de trap afgestommeld. Ze was kleiner dan Myst zich had voorgesteld, maar had dezelfde helderblauwe ogen als George en een warme uitstraling die haar onmiddellijk sympathiek maakte. 'En dit is de beroemde Myst.' Zonder aarzelen sloeg ze haar armen om Myst heen in een knuffel die vaag naar lavendel en zeep rook. 'We hebben op je gewacht, we hebben het gevoel dat we je al kennen!'

'Heel erg bedankt dat je me wilt ontvangen,' zei Myst, haar stem zacht maar oprecht terwijl ze de omhelzing beantwoordde. 'George praat de hele tijd over je.'

'Hij is een brave jongen!' Julie reikte omhoog en aaide Georges wang. Myst onderdrukte een lach bij zijn verontwaardigde uitdrukking.

'Kom nu binnen, allebei. De barbecue is al begonnen, en als ik dit volk ken,' Julie gebaarde vaag naar het huis, waar het gelach van kinderen klonk, 'laten ze niets voor ons over als we niet opschieten.'

De achtertuin was levendig met beweging en geklets, het geluid van vrolijk gillende kinderen terwijl Georges nichtjes en neefjes een wild potje tikkertje speelden tussen de eucalyptusbomen. Een lange houten tafel kreunde onder het gewicht van schalen vol verse salades, broodjes en pavlova bedekt met aardbeien. De grill rookte uitnodigend terwijl Georges zwager vakkundig biefstukken omdraaide.

'Geef me die tomaten eens aan, alsjeblieft?' vroeg een van Georges zussen aan Myst terwijl ze zij aan zij in de keuken werkten. Ellie, dacht Myst. Ze had ze nog niet allemaal uit elkaar weten te houden.

'Alsjeblieft,' zei Myst, ze overhandigend voordat ze nog een komkommer sneed. Pas toen ze uit het raam keek en George een rugbybal zag overgooien met een van de kinderen, realiseerde ze zich hoe naadloos ze haar draai had gevonden. Alsof ze erbij hoorde.

'Kun je echt zingen?' doorbrak een zacht stemmetje haar gedachten. Myst keek omlaag en zag een van George's nichtjes naar haar opkijken met grote, nieuwsgierige ogen. 'Oom George zegt dat je beroemd bent.'

'O, echt waar?' zei Myst, terwijl ze George door het raam een gespeeld boze blik toewierp, hoewel hij het te druk had met lachen met de kinderen om het op te merken. Ze hurkte een beetje om het meisje recht aan te kunnen kijken. 'Vind je dat ik zijn gelijk moet bewijzen?'

'Ja!' klonk het enthousiaste antwoord, dat werd herhaald door verscheidene andere kinderen die als bij toverslag uit het niets waren verschenen.

'Oké, oké,' lachte Myst, terwijl ze haar handen aan een theedoek afveegde. 'Dan pak ik even een gitaar.' Ze had er een in de voorkamer zien staan, hoewel god mag weten of die gestemd was.

Het duurde niet lang voordat ze op een laag muurtje zat, met een akoestische gitaar die tegen haar dij rustte, terwijl iedereen om haar heen was komen staan. Het geroezemoes verstomde toen ze de openingsakkoorden van een van haar hits aansloeg, een langzamere, uitgeklede versie die bij het moment leek te passen. Haar warme, volle stem klonk door de tuin en vermengde zich met het geritsel van de bladeren en het verre breken van de golven.

Toen ze klaar was, volgde er een onmiddellijk en hartelijk applaus, waarbij de kinderen het hardst van allemaal juichten.

'Oké, kapitein,' zei Myst grijnzend, terwijl ze de gitaar tegen de muur leunde. 'Jouw beurt.'

'Geen sprake van,' verklaarde George, terwijl hij beide handen ophief in gespeelde overgave. 'Rugbyspelers zingen niet.'

'Zonde,' merkte een van zijn zussen op. 'Je had de nieuwe Australian Idol kunnen zijn.'

'Ja, ja,' mompelde George, hoewel zijn grijns zijn vermaak verried. Zijn ogen vonden die van Myst, en even keek hij alleen maar naar haar, hoe ze daar stond te midden van de chaos van zijn familie, terwijl het zonlicht rode gloed in haar donkere haar toverde. Ze was stralend.

'Goed dan,' zei Myst, terwijl ze denkbeeldig stof van haar handen veegde. 'Dan moet ik de muzikale eer voor ons beiden maar hooghouden.'

'Volgens mij doe je dat al prima,' zei George op een toon die zo zacht was dat alleen zij het kon horen.

'Prima?' plaagde ze. 'Pas maar op, Dennis, anders ga ik nog geld voor mijn optredens vragen.'

'Eerlijk is eerlijk,' antwoordde hij, terwijl hij haar dichtbij genoeg trok om een snelle kus op haar slaap te drukken. 'Wat het ook kost, je bent het waard.'

Het zand voelde koel aan onder Mysts blote voeten, de korrels gleden tussen haar tenen door terwijl ze naast George liep. Het ritmische breken van de golven vulde de lucht, een rustgevende achtergrond voor de stilte die tussen hen was gevallen. Boven hun hoofden strekten de sterren zich eindeloos uit, verspreid over de inktzwarte hemel alsof iemand een pot met glitters had omgestoten.

'Jouw wereld is zo slecht nog niet,' zei Myst eindelijk zachtjes. Ze keek opzij naar George, die zijn handen in de zakken van zijn spijkerbroek had gestoken en zijn lange passen had vertraagd om haar tempo bij te houden. 'Hier zou ik aan kunnen wennen.'

'Niet bepaald stadionlichten en schreeuwende fans, hè?' plaagde hij, zijn lippen gekruld in die scheve glimlach die haar hart altijd een slag deed overslaan.

'Precies,' mompelde ze, terwijl haar blik weer naar de oceaan afdwaalde. 'Het is... aardend.' Ze pauzeerde en streek een door de wind verwaaide haarlok uit haar gezicht. 'Bedankt dat je me hebt binnengelaten, George. Dat je me dit allemaal hebt laten zien, je familie, je thuis. Ik heb het gevoel dat ik jarenlang op adrenaline heb geleefd, en nu...' Haar stem stierf weg, maar de tevredenheid in haar zucht maakte de zin voor haar af.

'Nu zit je met me opgescheept,' grapte George, terwijl hij haar schouder zachtjes met zijn arm aanstootte.

'Vlei jezelf niet zo,' kaatste ze met een grijns terug, hoewel haar ogen de diepte van haar genegenheid verraadden.

'Maar serieus, ik had dit nodig. Ik wist niet eens hoeveel, tot vandaag.'

'Nou,' begon George, zijn toon verzachtte toen hij stopte met lopen en zich naar haar omdraaide, 'ze zijn dol op je, weet je. Mam, mijn zussen, de kinderen, ze hielden niet op met over je te praten nadat je had gezongen.' Hij pakte haar hand, zijn duim streek over haar knokkels. 'En eerlijk? Ik neem het ze niet kwalijk. Je hebt een manier om... erbij te horen, alsof je altijd al deel hebt uitgemaakt van deze chaos.'

Myst keek naar hem op, haar lichtblauwe ogen doorzochten zijn gezicht. 'Het voelde alsof ik er thuishoorde,' gaf ze toe, haar stem nauwelijks luider dan een fluistering. 'En dat gevoel heb ik lang niet meer gehad.'

'Dan ben je precies waar je hoort te zijn,' zei George simpelweg, zijn woorden standvastig en zeker.

Even bewogen ze geen van beiden, daar staand te midden van het geluid van de golven en de eindeloze sterrenhemel boven hen. Toen gaf George zachtjes een rukje aan haar hand en leidde haar naar de duinen waar ze samen in het koele, zachte zand zakten, waardoor de wereld kromp tot alleen zij tweeën.

'Oké,' zei hij, terwijl hij achterover ging liggen met zijn armen achter zijn hoofd. 'Wat is de volgende stap voor Myst?'

'Grote vraag,' antwoordde ze, terwijl ze in kleermakerszit naast hem zat en peinzend figuurtjes in het zand tekende. Ze liet de stilte even hangen voordat ze antwoordde. 'Ik denk dat het tijd is voor iets anders. Ik ben al jaren non-stop bezig... opnemen, toeren, interviews, herhalen. Maar hier komen, je familie ontmoeten... het heeft iets aangewakkerd. Ik wil een album schrijven dat *echt* voelt.

Iets persoonlijks. Geen grote producers, geen overdreven spektakel. Alleen ik en de muziek. Akoestisch, misschien.'

'O ja?' George kantelde zijn hoofd om haar aan te kijken, zijn uitdrukking nieuwsgierig. 'Denk je dat je lang genoeg stil kunt zitten om dat voor elkaar te krijgen?'

'Brutaal,' zei ze met een gespeeld boze blik, terwijl ze een handvol zand zijn kant op gooide. 'Maar ja, dat kan ik. Ik moet wel. Het zal geïnspireerd zijn door dit... door jou, door je familie, door alles wat ik de laatste tijd te druk had om op te merken.'

'Klinkt alsof je het allemaal al uitgestippeld hebt,' zei hij, zijn stem laag en bedachtzaam.

'Nog niet helemaal,' gaf ze toe met een kleine lach. 'Maar het voelt als de eerste stap sinds lange tijd die helemaal van mij is, snap je?'

'Ja, dat snap ik,' zei hij, langzaam knikkend. 'En hé, als je een pauze nodig hebt van al dat creatieve genie, ben je voortaan welkom bij elke rugbywedstrijd. Ook buiten het seizoen; ik leer je zelfs hoe je een fatsoenlijke worp moet doen als je avontuurlijk bent.'

'Pas op,' waarschuwde ze, met een vinger naar hem wijzend. 'Het zou kunnen dat ik je nog aan je woord houd.'

'Goed,' zei hij, grijnzend terwijl hij overeind kwam en dichterbij leunde. 'Want je zult eraan moeten wennen dat rugby een vast onderdeel van je leven wordt. Niet onderhandelbaar.'

'Prima,' zei ze, met haar ogen rollend. 'Maar alleen als je ermee instemt mijn achtergronddanser te zijn als ik weer op tournee ga.'

'Deal,' kaatste hij zonder een seconde te twijfelen terug, hoewel het idee hem duidelijk amuseerde. 'Maar wees gewaarschuwd, ik kan niet beloven dat ik niet de show zal stelen.'

'Ik zou niets minder verwachten,' antwoordde Myst, haar stem warm van het lachen.

Daarna vielen ze in een comfortabele stilte, naast elkaar liggend op het zand, hun handen losjes verstrengeld. Boven hen brandden de sterren helder, alsof het universum zelf naar hun beloften luisterde. Ze wisten beiden dat het niet altijd gemakkelijk zou zijn; hun levens waren ingewikkeld, in alle richtingen getrokken door roem, schema's en verwachtingen. Maar terwijl Myst haar hoofd tegen George's schouder legde en hij een kus op haar haar drukte, wisten ze ook één ding zeker: wat er ook zou komen, ze zouden het samen tegemoet treden.

Een maand later wierp de late middagzon een warme, gouden gloed over de veranda terwijl Myst achteroverleunde in haar stoel, haar blote voeten rustend op de houten reling. Het geroezemoes en de lachsalvo's van George's familie omringden haar als een vertrouwd lied, vermengd met het verre breken van de golven tegen de kust. In de tuin beneden waren George's neefjes en nichtjes verwikkeld in een chaotisch potje cricket, hun hoge gejuich en geschreeuw klonken door de zoute bries.

'Dat is een no-ball, maat!' riep George, zijn diepe stem sneed door het lawaai terwijl hij naast Myst lag, een arm nonchalant over de rugleuning van haar stoel gedrapeerd. Hij grijnsde toen zijn jongste neefje luid protesteerde en verontwaardigd met het bat zwaaide. 'Niet met de scheidsrechter in discussie gaan,' voegde hij er smalend aan toe toen de jongen snoof en zijn houding herstelde.

'Jouw scheidsrechterkwaliteiten zijn op zijn zachtst gezegd twijfelachtig,' plaagde Myst, terwijl ze haar hoofd schuin hield om naar hem op te kijken. Haar lichtblauwe ogen fonkelden ondeugend en ze reikte naar zijn glas om zonder te vragen een slok van zijn drankje te nemen. George trok een wenkbrauw op maar protesteerde niet, de hoek van zijn mond trok omhoog.

'Pas op, liefste,' zei hij, dichterbij leunend zodat alleen zij het kon horen. 'Als je zo doorgaat, geven ze jou de volgende keer de leiding.'

'Misschien wel,' kaatste ze terug, terwijl ze het glas met een zelfverzekerd klink neerzette. 'Ik zou in ieder geval eerlijker zijn dan jij.'

'Dat zullen we nog wel zien,' mompelde hij, zijn grijns werd breder terwijl hij een lok donker haar achter haar oor streek. Het simpele gebaar deed haar hart overslaan, hoewel ze dat nooit hardop zou toegeven, niet hier, waar Jessie slechts een paar meter verderop zat, ongetwijfeld klaar met een snedige opmerking.

'Hé, Dennis!' Jessie's stem, scherp en geamuseerd, doorbrak het moment terwijl ze voorover boog in haar stoel. 'Laat je haar nu de boel regelen, of durf je haar niet uit te dagen?'

'Ik zet mijn geld op Myst,' mengde Lachie zich in het gesprek vanaf de andere kant van de tuin, waar hij bezig was met het omdraaien van worstjes op de barbecue. 'Zij heeft de sterrenkracht *en* de hersens.'

'Bedankt voor het vertrouwen,' riep Myst terug, lachend terwijl George dramatisch naast haar kreunde. Ze gaf hem een speels klopje op zijn knie. 'Zie je wel? Zelfs je maten weten hoe de vork in de steel zit.'

'Verraders,' mompelde George, zijn hoofd schuddend maar niet in staat zijn vermaak te verbergen. Jessie was met Myst naar een wedstrijd gekomen en Lachie had één blik op haar geworpen en zijn hart verloren, tot vermaak van zowel George als Myst. Beiden waren prompt ook opgenomen in de familie Dennis en waren vaste gasten bij de zondagse barbecues.

'Nou, nou,' klonk de stem van Julie toen ze in de deuropening verscheen, haar handen afvegend aan een theedoek. Haar toon was luchtig, maar de twinkeling in haar ogen was onmiskenbaar, het soort blik dat problemen beloofde, maar van het leuke soort. 'Genoeg gekibbel. Laat mij de echte vraag stellen die iedereen zich afvraagt.' Ze stapte de veranda op en pauzeerde om hen beiden in zich op te nemen: Myst comfortabel tegen George's zijde genesteld, zijn hand losjes op de hare rustend.

'Wanneer gaan jullie twee je nu eens echt settelen?' vroeg Julie, haar glimlach was warm maar plagerig terwijl ze haar armen over elkaar sloeg. De woorden bleven in de lucht hangen en zorgden voor een plotselinge stilte in de groep.

Myst voelde George's vingers heel lichtjes om de hare klemmen, een stille geruststelling. Ze draaide haar hoofd om zijn blik te ontmoeten, hun ogen keken elkaar een fractie langer aan dan nodig was. O, hij genoot hiervan, dat kon ze zien aan de manier waarop zijn lippen trilden, een grijns onderdrukkend. Typisch.

'Stap voor stap,' zei Myst eindelijk, haar stem zacht maar vastberaden terwijl ze de stilte doorbrak. Ze keek terug naar de moeder van George en schonk haar een kleine, veelbetekenende glimlach. 'We hebben genoeg tijd om alles uit te zoeken.'

'Genoeg,' herhaalde George, zijn Australische accent omhulde het woord als een belofte. Zijn duim streek zachtjes over haar knokkels, wat haar in het moment verankerde.

'Eerlijk is eerlijk,' zei Julie met een knipoog, duidelijk tevreden. 'Maar laat ons niet te lang wachten, ik word ook niet jonger, weet je.'

'Je hebt al genoeg kleinkinderen om je mee bezig te houden, ma!' zei George plagerig.

De hele groep barstte in lachen uit, de spanning loste net zo snel op als ze was ontstaan. Jessie rolde met haar ogen, mompelde iets over bemoeizuchtige moeders, terwijl Lachie iets onverstaanbaars vanaf de barbecue riep. Myst liet zich ontspannen achterover in haar stoel zakken, de hoeken van haar mond krulden zich ondanks zichzelf op.

Terwijl de zon lager zakte en de lucht in tinten van roze en oranje schilderde, zaten Myst en George rustig te midden van de vrolijke chaos. Het gelach van de kinderen galmde door de tuin, vermengd met het ritmische gesis van de grill en het geruststellende gemurmel van familiegeklets. George's hand bleef in de hare, een constante aanwezigheid.

'Niet slecht, hè?' zei hij na een tijdje, zijn stem laag en zacht, alleen voor haar bedoeld.

'Helemaal niet slecht,' beaamde ze, haar blik afdwalend naar de horizon. De toekomst strekte zich voor hen uit als de eindeloze zee en lucht, vol mogelijkheden, vol hoop.

En terwijl ze daar zaten, met hun vingers verstrengeld, kijkend naar de wereld om hen heen die in een perfecte soort harmonie tot rust kwam, kon Myst niet anders dan denken: ze hadden echt alle tijd van de wereld.

EINDE

Ik hoop dat je hebt genoten van het verhaal van Myst en George! Je kunt alvast een kleine glimp van hun toekomst opvangen in *Op laag vuur*, onderdeel van mijn **Tropische ontsnapping**-serie; ze maken daarin een flinke cameo-verschijning!

Sla de pagina om om meer te ontdekken over mijn boeken en waar je me op social media kunt stalken!

Andere boeken van Caitlyn Lynch

De Verloren Australiërs

Het Meisje in de beek

Het Meisje op het jacht

Het Meisje in het herenhuis

De Reddingsrangers – Eliteromantic-suspense vol actie en Special Forces-helden

Gered door de ranger

De thuiskomst van de ranger

De missie van de ranger

Het bloed van de ranger

Ranger Vuur (exclusief voor nieuwsbriefabonnees)

De Amazones van Ridgewater – In het hart van Australië: moedige vrouwen en onvergetelijke paarden

Vertrouw op je pad

Barrières doorbreken

Balans vinden

Geschreven in de sterren

Kerstmis op Ridgewater

Tropische ontsnapping – 7 vrolijke, flirterige tropische romans!

Een bieuw begin op het Rif

De onverwachte miljardair

Foute bruiloft, echte liefde

Op laag luur

Hartstocht in de ring

Liefde in beeld

Liefde in de praktijk

Op zichzelf staande romans

Liefde in de scrum – Een liefdesroman over een rugbyspeler en een rockzangeres

Als wensen paarden waren - Een Ierse romance

Ontdek alle publicaties van Shenanigans Press op onze websitehttps://www.shenaniganspres s.com/nl!

Of volg ons op sociale media; we zijn te vinden op Facebook en Instagram.

En vergeet je niet in te schrijven voor onze nieuwsbrief om op de hoogte te blijven van nieuwe uitgaven, acties, winacties en meer!